L'ÉTRANGÈRE

BOHUMIL HRABAL

LA CHEVELURE SACRIFIÉE

ROMAN

TRADUIT DU TCHÈQUE
PAR CLAUDIA ANCELOT

L'ÉTRANGÈRE
GALLIMARD

Titre original :

POSTŘIŽINY

Bohumil Hrabal est né à Brno en 1914. Il fait son droit à Prague, en 1939, mais, les Allemands ayant fermé les universités tchèques, il n'obtiendra son diplôme qu'en 1946. Il n'exercera d'ailleurs jamais le métier de juriste. En revanche, il est successivement clerc de notaire, magasinier, employé des chemins de fer, courtier d'assurances, commis voyageur, ouvrier dans une aciérie, emballeur de vieux papiers, figurant au théâtre.

Son premier livre, *Une perle dans le fond,* a paru en 1963. De nombreux romans, recueils de nouvelles et textes autobiographiques ont suivi, et Bohumil Hrabal est désormais considéré comme l'un des écrivains tchèques majeurs de la seconde moitié du XXe siècle. Plusieurs de ses livres, notamment *Trains étroitement surveillés* et *La chevelure sacrifiée,* ont inspiré des films. Il a publié en 1990 *Les noces dans la maison : une trilogie autobiographique.*

Madame Bovary c'est moi.

GUSTAVE FLAUBERT

I

J'aime ces quelques minutes avant sept heures du soir ; armée de chiffons et de papier journal froissé — des vieux numéros de *Národní Politika* — je nettoie alors les cylindres de verre des lampes ; je mouche les mèches carbonisées avec une allumette, puis je remets en place les petits chapeaux de laiton et, sur le coup de sept heures, survient ce beau moment où s'arrêtent les machines de la brasserie, où la dynamo qui propulse le courant électrique dans toutes les ampoules, la dynamo, donc, commence à ralentir ses révolutions ; au fur et à mesure que l'électricité faiblit, faiblit aussi la lumière des ampoules, lentement la lumière blanche vire au rose et la lumière rose à un gris tamisé à travers les voilages et l'organdi ; puis enfin, les filaments de wolfram au plafond montrent des petits doigts cramoisis et rachitiques, une clé de sol rouge. Alors, j'allume la mèche, je replace le cylindre, je tire sur la languette jaune, je replace l'abat-jour de verre dépoli décoré de roses en porcelaine. J'aime ces quelques minutes avant sept heures du soir, il fait bon pendant ces quelques minutes lever la tête pour voir la lumière se retirer des ampoules comme le sang d'un coq à la gorge tranchée, j'aime regarder cette signature pâlissante du courant électrique et je crains le jour où la brasserie sera raccordée au courant de ville, ce jour où on n'allumera plus toutes ces lampes tempête dans les étables, lampes aux petits miroirs ronds, lampes ventrues aux mèches rondes, le jour où personne ne se souciera plus de leurs lumières car toute cette cérémonie aura fait place à un commutateur semblable au robinet qui a remplacé les jolies pompes d'antan. Moi, j'aime les lampes allumées, c'est à leur lumière que je dispose sur la table les assiettes et les couverts, que s'ouvrent les journaux ou les livres, j'aime les mains illuminées par la lampe et reposant tout simplement sur la nappe, des mains humaines coupées, offrant dans l'écriture de leurs rides la clé du caractère de leur propriétaire, j'aime les lampes à pétrole que je porte le soir pour aller à la rencontre des visiteurs, éclairant leurs visages et le chemin, j'aime les lampes à la lumière desquelles je crochète des rideaux et fais des rêves profonds, des lampes qui, lorsqu'on les éteint d'un souffle brutal, dégagent une odeur chlorée, une sorte de reproche qui inonde la chambre obscurcie. Il faudrait que je trouve la force, le jour où on mettra l'électricité à la brasserie, d'allumer les lampes au moins une fois par semaine, un soir, pour écouter encore le sifflement mélodieux de la lumière jaune qui projette des ombres profondes et contraint à marcher avec précaution et à rêver.

Dans le bureau, Francin allumait deux lampes ventrues à mèches rondes, deux lampes ronronnant sans répit comme deux concierges, chauffant comme des petits poêles, lampes goulues qui lampaient le pétrole avec un appétit vorace. Les abat-jour verts de ces lampes dodues tranchaient presque comme à la règle la zone de clarté et la zone d'ombre, de sorte qu'en regardant par la fenêtre je voyais toujours un Francin découpé en deux : l'un aspergé de vitriol, l'autre avalé par la pénombre. Ces petites machines de laiton munies d'une vis horizontale qui rentrait ou sortait la mèche, ces petits paniers de laiton au formidable tirage, ces lampes de Francin, il leur fallait tant d'oxygène que lorsqu'il posait sa cigarette à proximité, la bague de laiton ajouré aspirait des rubans de fumée bleue ; cette fumée, arrivant dans le cercle magique des lampes ventrues, était impitoyablement avalée, sous l'effet du tirage du cylindre de verre elle était dévorée par la flamme brillant au-dessus du chapeau d'une lumière verdâtre comme celle qui émane d'une bûche en décomposition, une lumière de feu follet, comme le feu Saint-Elme, on aurait dit le Saint-Esprit descendu sous forme d'une petite flamme violette flottant au-dessus de la lumière jaune et grasse de la mèche ronde. Et à la lumière de ces lampes Francin inscrivait dans les livres de la brasserie ouverts devant lui les quantités de bière fabriquée, les recettes et les dépenses, il composait des rapports hebdomadaires et mensuels pour faire à chaque fin d'année le bilan des douze mois écoulés et les pages de ces livres brillaient comme des plastrons empesés. Lorsque Francin tournait une page, les deux lampes ventrues, scandalisées par tout mouvement qui menaçait de les éteindre, se mettaient à jaser comme deux grands oiseaux tirés de leur sommeil, vraiment ces deux lampes tendaient méchamment leurs longs cous, éparpillaient sur le plafond des jeux d'ombre, le halètement incessant d'animaux antédiluviens ; moi, dans ces découpages d'ombres projetées au plafond, je voyais toujours des oreilles d'éléphant servant d'éventails, le thorax de squelettes soulevés par une lourde respiration, deux grands papillons de nuit épinglés par le faisceau lumineux que le cylindre de verre braquait droit au plafond ; là, au-dessus de chacune des lampes, brillait un petit miroir rond et aveuglant, une monnaie d'argent violemment éclairée, bougeant insensiblement, mais bougeant quand même sans relâche, exprimant de la sorte l'humeur de chacune des lampes. Francin, après avoir tourné la page, inscrivait de nouveau en tête le nom et le prénom des aubergistes. Il prenait alors une plume à dessin numéro trois et, tout comme on faisait dans les anciens missels et dans les proclamations solennelles, Francin traçait chaque initiale avec quantité de frisettes décoratives et de pleins gonflés comme des voiles et, lorsque je venais m'asseoir dans le bureau et que, de mon coin d'ombre, je regardais les mains de Francin que les lampes du bureau recouvraient de chaux chlorée, j'avais toujours l'impression qu'il dessinait ces initiales d'après mes cheveux, que mes cheveux l'inspiraient, il regardait toujours ces cheveux d'où jaillissaient des étincelles, le miroir m'apprenait que là où je me trouvais le soir, ma coiffure et la qualité de mes cheveux apportaient toujours comme une lampe supplémentaire ; avec sa plume à dessin, Francin traçait la forme des initiales, puis il prenait des plumes douces et, selon son humeur, il les trempait dans des encres tantôt bleues, ou vertes, ou rouges et autour des initiales il se mettait à dessiner mes cheveux moussants et, comme le rosier grimpant sur la tonnelle, Francin décorait du réseau dense de mes cheveux et de leurs pleins branchus les initiales des noms et prénoms des aubergistes.

Puis, lorsqu'il revenait fatigué du bureau, il restait dans l'ombre sur le pas de la porte, ses manchettes blanches montraient à quel point sa journée l'avait épuisé, ces manchettes touchaient presque ses genoux, de toute sa journée Francin s'était mis sur le dos tant de soucis et de contrariétés qu'il avait toujours rapetissé de dix centimètres ou peut-être même davantage. Et moi, je savais que le plus gros de ses soucis, c'était moi, que du jour où il m'a vue pour la première fois il me porte sur son dos dans un sac invisible et pourtant si réel qu'il devient plus pesant de jour en jour. Et alors, tous les soirs, nous nous tenions sous la lampe à chaîne allumée, son abat-jour vert était si grand que nous pouvions tous deux rentrer dessous, c'était un lustre comme un parapluie sous lequel nous nous tenions dans cette averse de lumière sifflante tombant de la lampe à pétrole, j'étreignais Francin d'un bras et de l'autre main je lui caressais les cheveux dans la nuque, il avait les yeux fermés et respirait profondément, une fois calmé il me prenait la taille et nous ressemblions alors à un couple sur le point de se mettre à danser dans un bal, mais c'était quelque chose de plus, c'était un bain purifiant où Francin me murmurait à l'oreille tout ce qui était arrivé ce jour-là et moi, je le caressais et chaque mouvement de ma main lissait ses rides, puis il caressait mes cheveux dénoués, chaque fois, je tirais plus bas ce lustre de porcelaine ; sur le pourtour de ce lustre pendaient quantité de petits tubes de verroterie colorée reliés entre eux par des perles, ces festons tintaient à nos oreilles comme les pendeloques et les chaînettes d'une danseuse turque ; parfois, j'avais l'impression que cette grande lampe à chaîne était un chapeau de verre enfoncé sur nos deux têtes jusqu'aux oreilles, un chapeau festonné de glaçons coupés par l'averse... Et je chassais la dernière ride du visage de Francin, elle se perdait quelque part dans ses cheveux ou derrière les oreilles, alors, il ouvrait les yeux, se redressait, de nouveau ses manchettes remontaient à la hauteur des hanches, il me regardait d'un air dubitatif et lorsque je souriais et hochais la tête, il souriait aussi, puis il baissait les yeux, s'asseyait à la table, prenait son courage à deux mains et me regardait au fond des yeux et moi je faisais de même et je voyais le grand pouvoir que j'avais sur lui, que mes yeux le paralysaient comme les yeux d'un python fixant un pinson effrayé.

Ce soir, dans la cour, un cheval hennit dans le noir, hennit derechef, puis ce fut un tonnerre de sabots, un grincement de chaînes et un tintement d'attelles, Francin se redressa et tendit l'oreille, je pris la lampe, sortis dans l'entrée et ouvris la porte, dehors, dans l'obscurité, retentissaient les cris du charretier de la brasserie : « Hue Ede, hue dia Kare ! » mais non, les hongres belges avec leurs lampes accrochées sur le poitrail sortirent en trombe de l'écurie ; on aurait pu croire que ces chevaux, rentrés fourbus, dételés mais portant encore les attelles pendant à leurs colliers brodés, on aurait pu croire que tout harnachés encore après une longue journée de livraisons de bière, ces étalons châtrés ne penseraient à rien d'autre qu'à la paille, à une augée de drêche et à une mesure d'avoine, mais quatre fois l'an, Dieu sait pourquoi, ces hongres se ressouvenaient de leurs années d'étalon, de leur géniale jeunesse, pleine de glandes encore peu développées, mais glandes néanmoins, et ils s'insurgeaient, ils s'offraient une petite révolte, ils se lançaient un signal dans les fins d'après-midi sombres lorsqu'ils rentraient à l'écurie et ils prenaient le mors aux dents. Ils prenaient le mors aux dents — du moins on le disait — mais non, ce n'était pas cela, simplement, ils n'avaient pas oublié qu'encore et toujours et jusqu'au dernier instant, un animal peut choisir la voie de la liberté... maintenant ils volaient le long des baraquements des bordiers, sur l'allée cimentée leurs sabots faisaient jaillir des étincelles, la lampe sur le poitrail du hongre de droite dansait une sarabande endiablée éclairant les attelles flottant au vent et les rênes arrachées, je me penchai à la fenêtre et je vis cette paire de chevaux belges voler à travers la douce lumière de la lampe à pétrole, hongres massifs, énormes, Ede et Kare qui à eux deux pesaient deux tonnes et demie, ils avaient mis ces tonnes en branle et ce mouvement menaçait sans cesse de finir en chute, la chute d'un cheval entraînant celle de l'autre puisqu'ils étaient attachés par des lanières, des attelles de cuir et des rênes, mais on aurait dit que dans cette course folle ils ne cessaient de communiquer l'un avec l'autre, ils avaient pris le mors aux dents au même instant et ils se relayaient en tête, l'un ne dépassant jamais l'autre de plus de quelques centimètres... et le malheureux cocher courait derrière, terrifié à l'idée qu'un de ces chevaux pourrait se casser une patte et qu'alors l'administration de la brasserie lui déduirait cette perte de sa paie pendant des années... et si les deux chevaux étaient perdus, il lui faudrait payer jusqu'à la fin de ses jours... « Hue Ede et Kare ! Hue dia, hue ! » —

mais l'attelage cavalait déjà à contre-vent du côté de la malterie, maintenant les sabots frappaient mollement le chemin boueux le long de la cheminée et du germoir, là, les hongres ralentirent leur course, puis, à la hauteur de l'écurie sur les pavés en tête de chat, ils reprirent de la vitesse et sur le passage cimenté illuminé par les gouffres rectangulaires des entrées éclairées par des lampes à pétrole, dans ce passage où chaque attelle traînant à terre, chaque chaînette, chaque sabot faisait jaillir des étincelles, là ces deux belges foncèrent : ce n'était plus une course mais une chute freinée, des frisettes de vapeur sortaient de leurs naseaux, leurs yeux étaient exorbités et emplis de terreur, dans le tournant à côté des bureaux les chevaux dérapèrent sur le ciment. Comme deux acteurs de film comique, ils patinèrent sur leurs sabots arrière avec des gerbes d'étincelles alors que le cocher était paralysé de terreur. Et Francin se précipita vers la porte mais moi je restai appuyée au chambranle priant pour qu'il ne leur arrivât rien, à ces chevaux, et je savais bien que leur cas était aussi mon affaire à moi ; Ede et Kare avaient déjà repris leurs esprits et couraient de conserve à contre-vent le long de la malterie, leurs sabots se firent plus silencieux dans la boue molle du chemin longeant le germoir ; de nouveau, ils se firent signe et s'envolèrent une troisième fois, le cocher s'écarta d'un bond et, comme l'un des chevaux avait tiré sur les rênes, la lampe s'envola, décrivit un arc et alla se briser contre le mur de la buanderie ; ce bruit de verre brisé redonna de nouvelles forces aux belges, ils hennirent l'un après l'autre, puis tous deux ensemble et se mirent à galoper dans l'allée cimentée... je regardais Francin comme si c'était moi qui m'étais changée en une paire de chevaux belges, c'était mon tempérament rebelle, un coup de folie tous les mois, moi aussi, je souffrais d'une aspiration quarte à la liberté, moi qui n'étais pas même châtrée, mais au contraire en pleine santé, trop pleine parfois... et Francin me regardait et il vit que cet attelage de belges le mors aux dents, ces crinières claires flottant au vent et ces queues puissantes tirées par l'air derrière les corps bruns, c'était moi, pas moi, mais mon tempérament, ma coiffure d'or cabrée volant à travers la nuit sombre, mes cheveux flottant en liberté... et il me repoussa et maintenant Francin se tenait les bras écartés dans le tunnel de lumière, tendant les bras il avança à la rencontre des chevaux et cria : « Idoudoudoudou ! Hue ! » et les hongres belges freinèrent, des étincelles jaillirent sous leurs sabots, Francin s'écarta lestement et prit le cheval de droite par le mors, il tira, il l'enfonça dans la gueule écumante de l'animal et le mouvement des chevaux se calma, les attelles et les rênes des harnais tombèrent à terre, le cocher arriva en courant et prit le mors du cheval de gauche... « Monsieur le gérant... balbutia-t-il. Les bouchonner à la paille, les faire tourner dans la cour, cette paire-là vaut quarante mille couronnes, vous comprenez, monsieur Martin ? » dit Francin et rentrant dans la maison tel un uhlan du régiment où il avait servi du temps de l'Autriche-Hongrie, si je ne m'étais pas écartée, il m'aurait culbutée, il serait passé sur moi... puis, dans le noir, on entendit claquer le fouet, le hennissement douloureux des chevaux belges, les injures et les coups de manche de fouet, puis les sauts des chevaux dans la nuit, le claquement du long fouet qui s'enroulait autour des pattes des belges et leur écorchait la peau.

II

Mais mon portrait c'est aussi quatre petits cochons, des cochons de brasserie, nourris à la drêche et aux pommes de terre et en été, lorsque mûrissaient les betteraves jaunes, j'allais chercher des fanes et je hachais cette verdure, je l'arrosais de moût et de vieille bière et les cochons dormaient vingt heures et prenaient un kilo par jour ; ils m'entendaient, mes petits cochons, lorsque j'allais traire les chèvres et déjà ils hurlaient de joie car ils ne savaient pas que j'allais en vendre deux pour faire des jambons et que je ferais tuer les deux autres à la maison. Lorsque je trayais les chèvres, les cochons criaient leur enthousiasme sachant que tout le lait de la traite irait droit dans leur auge. Quant à M. Cicvárek, il lui suffisait de regarder les cochons pour annoncer leur poids et il tombait toujours juste ; ensuite, il les prenait dans ses bras, les deux cochons, les jetait dans une sorte de tombereau d'osier, une carriole de charcutier, il attachait le filet par-dessus et il disait :

« Ces petites créatures se débattent comme ma

vieille de son jeune temps, le jour où je lui ai donné son premier baiser. »

Je faisais mes adieux aux cochons :

« Allez, allez, mes petits cochons, vous ferez de beaux jambons ! »

Mais les petits cochons n'en demandaient pas tant, je le savais bien, mais que voulez-vous, nous devons tous y passer et la nature est miséricordieuse, lorsqu'il n'y a plus rien à faire, tout ce qui vit, tout ce qui doit mourir sous peu, est frappé de terreur, c'est comme si les plombs avaient sauté, gens et animaux ne sentent plus rien, plus rien ne leur fait mal, cette peur baisse les mèches de la lampe, la vie n'est plus qu'un vacillement et la terreur la rend sourde et aveugle. Côté charcutiers, je n'avais pas la main heureuse, le premier avait mis tant de gingembre dans les saucisses qu'on aurait dit des vrais pains d'épice, le second avait tant bu dès le matin qu'en levant la masse pour assommer le cochon, il avait fracturé sa propre jambe, moi, je me tenais là, toute prête, le couteau à la main, furieuse comme j'étais, je lui aurais bien tranché la gorge à ce charcutier que, pour comble, j'ai dû conduire à l'hôpital dans la carriole avant de lui chercher un remplaçant. Le troisième charcutier, lui, est arrivé avec une invention : au lieu d'ébouillanter le cochon, il avait inventé de lui brûler les soies à la lampe à souder, au lieu de vider la soupe dans les cabinets, c'est ce charcutier que j'aurais dû y vider parce que, d'abord, les soies étaient restées dans la peau et puis surtout le cochon puait l'essence, ce qui fait qu'il a fallu jeter la soupe dans l'égout car même le cochon restant n'en voulait pas.

M. Myclík, ça c'était un charcutier à mon goût, il commandait du quatre-quarts marbré et du café au lait et attendait pour avaler son rhum que les boudins soient dans la marmite, un charcutier qui apportait tous ses instruments enveloppés dans des torchons de cuisine, qui venait avec trois tabliers, le premier pour l'abattage, l'ébouillantage et le vidage, le deuxième pour mettre les abats sur la planche à découper et le troisième tablier il le prenait quand tout était presque prêt. C'est aussi M. Myclík qui m'a appris à acheter une marmite en supplément, à la réserver pour la cuisson des boudins, andouilles, fromages de tête et abats et pour faire fondre le saindoux ; et, ma petite dame, quand on tue le cochon c'est comme quand le prêtre célèbre la messe car c'est toujours de sang et de chair qu'il s'agit.

Et pendant que cuisait dans le four le pain de mie pour farcir les andouilles et les boudins, pendant que nous installions les bassines et que jusqu'à la nuit je faisais cuire de l'orge et que je préparais sur des assiettes ce qu'il fallait de sel et de poivre, de gingembre, de thym et de marjolaine, dès midi, on ne donnait plus rien à manger au petit cochon qui commençait à flairer l'odeur du tablier du charcutier, les autres animaux aussi étaient tristes et silencieux, d'avance, le cochon frissonnait comme un tremble : tous les autres arbres sont immobiles, la tempête souffle quelque part dans les Carpates ou dans les Alpes, mais les feuilles du tremble frissonnent et s'agitent comme mon cochon qui sent que demain on va le tuer.

C'était toujours moi qui sortais le cochon de la porcherie. Ça ne me plaisait pas qu'on attache la gueule du cochon avec une corde, pourquoi lui faire mal, puisque je pouvais conduire le cochon au charcutier par la ruse, je lui grattais la queue, puis le front, puis le dos et M. Myclík venait par-derrière avec une hache, il la soulevait et abattait la bête d'un grand coup, pour plus de sûreté il assenait encore deux trois coups humides sur le crâne fracassé ; alors, je lui tendais le couteau et il s'agenouillait et enfonçait la lame sous la gorge, pendant un instant la pointe cherchait l'artère et puis le flot de sang jaillissait et moi, je présentais la bassine et puis encore une grande cocotte, M. Myclík, toujours courtois, lorsque je changeais de récipient, arrêtait le flot en bouchant l'artère du plat de la main, puis laissait à nouveau couler le sang et déjà je tournais le sang avec une cuiller de bois pour l'empêcher de se coaguler, puis de l'autre main, des deux mains ensemble, je battais ce beau sang fumant, M. Myclík et son aide, M. Martin, le cocher, jetaient le cochon dans un baquet et déversaient sur lui des brocs d'eau bouillante et moi, je devais retrousser mes manches et, avec les doigts écartés, brasser le sang qui refroidissait ; je lançais aux poules les floches de sang coagulé, les deux bras jusqu'aux coudes dans le sang de plus en plus froid, mes bras faiblissaient, je brassais le sang comme si j'étais en train de rendre l'âme avec le cochon, encore quelques derniers flocons de sang caillé, puis le sang se relâcha, devint froid, je sortis les bras des bassines et des cocottes alors que le treuil montait lentement le cochon ébouillanté et rasé vers la poutre de la resserre ouverte.

La tête tranchée du cochon et sa petite queue reposaient sur la planche à découper et je venais d'apporter les deux épaules. Et déjà, je traversais la cour en courant, un foulard noué sur mes cheveux, pour ne pas manquer un seul instant, car M. Myclík avait déjà sorti les boyaux et envoyait son aide les retourner et les laver alors que lui-même fouillait l'intérieur du cochon comme Hanuš, l'horloger aveugle, avait fouillé l'intérieur de l'horloge [1], il travaillait de mémoire, il coupait par-ci par-là, il dégageait la plèvre et le foie et l'estomac et enfin les poumons et le cœur. Je tendis une cuvette et tous ces beaux abats roulèrent dedans, cette symphonie de formes et de couleurs mouillées, pour moi, rien de plus enthousiasmant que des poumons de cochon, rouge clair, merveilleusement gonflés comme du caoutchouc mousse, nulle part ail-

1. Selon la légende, les échevins de Prague firent crever les yeux de Hanuš constructeur de la célèbre horloge de la mairie, pour être sûrs qu'aucune ville n'en aurait jamais une pareille. Mais en fouillant le mécanisme de ses mains, l'aveugle se vengea et arrêta l'horloge. *(N.d.T.)*

leurs on ne trouve des couleurs aussi passionnées que le brun foncé du foie, orné de l'émeraude du fiel comme des nuées avant l'orage ; pareil à de doux moutons, le gras grumeleux s'étire le long des intestins, jaune comme un cierge qui coule, comme de la cire d'abeille. Et puis, l'œsophage composé de rondelles bleues et rouge clair comme le tuyau d'un aspirateur multicolore. Et lorsque nous avions vidé ces trésors sur la planche, M. Myclík prenait un couteau, l'aiguisait sur l'affiloir, puis coupait : ici un bout de viande encore tiède, là un morceau de foie, là encore tout un rognon et la moitié de la plèvre et moi, je lui tendais une grande cocotte dans laquelle j'avais fait revenir des oignons et je mettais ces morceaux dans le four après les avoir soigneusement salés et poivrés pour que le goulache du repas de cochon soit prêt pour midi.

Armée d'une écumoire, je sortais les abats cuits, l'épaule, la tête fendue en deux, je déposais sur la planche un morceau après l'autre, M. Myclík les désossait et lorsque la viande avait un peu refroidi, je prenais avec mes doigts un bout de la queue et un morceau de joue, les accompagnant d'une oreille en guise de pain ; Francin entrait dans la cuisine, il ne mangeait jamais rien, il était incapable de regarder tout cela, alors il se tenait près du poêle et il mangeait du pain sec et buvait du café et il me regardait et il avait honte pour moi et moi, je mangeais avec appétit, je buvais de la bière au goulot d'une bouteille d'un litre, M. Myclík sourit et prit un bout de viande, tout juste par politesse, puis il changea d'avis, but du café au lait avec du quatre-quarts marbré ; puis il prit le hachoir, retroussa ses manches et sous ses gestes puissants les morceaux de viande commencèrent à perdre forme et fonction, sous la demi-lune des tranchants du hachoir, la viande se transformait peu à peu en farce, M. Myclík tendit la main et je mis dans sa paume les épices ébouillantées, M. Myclík était le seul charcutier qui m'obligeait à passer les épices à l'eau bouillante car, disait-il — et moi, je le comprenais d'instinct —, on obtient ainsi une meilleure diffusion et une plus grande finesse des parfums, puis il ajouta du pain de mie trempé et de nouveau il mélangea le tout de ses paumes puissantes ; ses doigts brassaient le mélange, le malaxaient, puis il décolla la farce de ses paumes, piqua dedans, goûta, leva les yeux au plafond, à ce moment il était beau comme un poète, il regarda le plafond comme en extase et répéta : sel, poivre, gingembre, thym, ail, mie et lorsqu'il eut récité cette prière jaculatoire et charcutière, il replongea les doigts dans la farce et m'en offrit, j'en pris sur un doigt pour goûter, moi aussi, je regardai le plafond et les yeux pleins de l'extase adoratrice des cochonnailles je dépliai et goûtai sur ma langue cette queue de paon de parfums et puis je hochai la tête, comme quoi moi, la maîtresse de maison, j'approuve cette palette de goûts et que rien ne s'oppose à la confection des boudins. Et M. Myclík prenait les boyaux déjà coupés, fermés à une extrémité avec une chevillette, dégageait l'ouverture de deux doigts de sa main droite, alors que l'autre main se contentait de presser la farce et un superbe boudin poussait de son poing, je le prenais et le fermais avec une deuxième chevillette, nous travaillions ainsi et au fur et à mesure que diminuait le tas de farce, par le truchement des vases communicants des boyaux, augmentait notre pile de boudins.

« Monsieur Martin, où êtes-vous encore passé ? » criait à tout bout de champ M. Myclík et M. Martin, le cocher, chaque fois, peut-être toute sa vie, dès qu'il avait un moment, dans la remise, dans la porcherie, derrière la voiture, dans les couloirs, sortait de sa poche une petite glace ronde, se regardait et se trouvait si beau qu'il en restait tout pantois, il était capable de passer des heures dans la porcherie, il oubliait de rentrer à la maison tout occupé qu'il était à s'épiler les poils du nez avec une pince, à débroussailler ses sourcils ; enfin, non content de teindre ses cheveux, il mettait du mascara sur ses cils et se poudrait la figure. Je me disais que pour le prochain cochon, Francin devrait m'adjoindre un autre employé de la brasserie. « Pour l'amour du ciel, où étiez-vous encore passé, monsieur Martin ? Ayez la bonté de me découper ce lard gras, nous allons faire des saucisses à l'orge et au pain de mie, où étiez-vous encore passé ? »

M. Myclík fourrait les saucisses à l'orge, il avait déjà avalé son deuxième petit verre de rhum et, brusquement, il plongea sa main dans la farce sanglante et d'un doigt traça une traînée rouge sur ma figure. Il se mit à rire tout doucement, son œil brilla comme une bague, à mon tour je plongeai la main dans la masse sanglante et lorsque je voulus barbouiller le visage du charcutier, il s'écarta et moi, je tombai, la main sur le mur blanc, mais avant que je le salisse M. Myclík avait eu le temps de me faire une autre marque tout en continuant à ficeler ses saucisses. De nouveau, je plongeai la main dans le sang, je pris mon élan, M. Myclík s'esquiva à plusieurs reprises comme pour danser la savoyarde et puis je lui barbouillai la figure de sang sans m'arrêter de ficeler les saucisses à l'orge et je riais en regardant le charcutier qui, lui, éclata d'un rire sain et ample, ce n'était pas n'importe quel rire, mais un rire qui venait du fond des âges, du temps des païens où les gens croyaient au pouvoir du sang et de la salive ; je ne pus résister à l'envie de replonger dans ce sang mêlé d'orge et de barbouiller encore le visage de M. Myclík, et, de nouveau, il réussit à m'éviter et avec un grand hennissement, il me fit une nouvelle traînée tout en continuant à fermer les saucisses avec ses chevillettes, M. Martin apporta un panier de bière du garde-manger et comme il se penchait précautionneusement en avant, je lui collai dans la figure une pleine poignée de farce sanglante, M. Martin, le cocher, sortit sa petite glace de poche ronde, se regarda et sans doute il ne s'était jamais tant plu car il rit de bon cœur et prit trois doigts de farce rouge, je me précipitai vers la chambre, M. Martin à mes trousses, je poussais des cris, je ne me rendais même pas compte que derrière la paroi siégeait le conseil d'administration de la brasserie, qu'on y entendait fort bien le bruit des chaises renversées et mes cris, mais M. Martin me barbouilla de sang en riant, ce sang nous rapprochait en quelque sorte, je riais, je m'assis sur le canapé, je tenais mes bras devant moi comme une marionnette pour ne pas salir les coussins, M. Martin tenait de la même façon sa main barbouillée mais tout le reste de son corps était lentement gagné par le rire, il tremblait et sa gorge éclata en un hennissement étouffant, triomphal, hoquetant et M. Myclík arriva et colla une pleine poignée de farce sur la figure de M. Martin, les grains d'orge y brillaient comme des perles et M. Martin cessa de rire, il devint grave, j'eus l'impression qu'il voulait frapper, mais il sortit sa petite glace de poche ronde, se regarda et se trouvant sans doute plus beau que jamais, il éclata à nouveau de rire, il ouvrit grandes les écluses de sa gorge et hurla de rire, une tierce plus bas. M. Myclík riait d'un petit rire qui ressemblait à ses petites dents sous la moustache noire et ainsi nous hurlions de rire et nous ne savions pas pourquoi, il suffisait d'un regard et nous étions repris d'un fou rire qui nous faisait mal dans l'aine. Soudain, la porte s'ouvrit et Francin se précipita dans la chambre, vêtu d'une redingote il serrait contre sa poitrine une cravate en forme de feuille de chou et lorsqu'il vit nos visages ensanglantés et ce rire affreux, il joignit les mains, mais je ne pus me retenir, je pris trois doigts de farce sanglante et je barbouillai le visage de Francin pour le faire rire malgré lui, mais il eut si peur que, tout barbouillé qu'il était, il s'enfuit dans la salle de réunion, deux membres du conseil s'écroulèrent croyant qu'un crime avait été commis à la brasserie, le président en personne, le docteur Gruntorad, courut à la cuisine par la porte de derrière et lorsqu'il vit ces grands rires sur les visages ensanglantés, il soupira de soulagement et moi, telle que j'étais, les mains pleines de farce, je traçai un trait rouge sur le visage de M. le président, il y eut juste un moment de silence, à travers mes yeux pleins de larmes, je regardais le docteur Gruntorad qui se leva, serra les poings, avança sa mâchoire de bouledogue... mais tout à coup, il pouffa de rire, c'était ce pouvoir du sang, ce quelque chose de sacré, ce quelque chose qui remontait à des temps immémoriaux et qui se défoulait, s'exprimant dans ce barbouillage au sang de cochon, M. le docteur plongea la main dans la farce, s'élança en riant, je courus dans la chambre, M. le docteur me rata et tomba avec sa main sur le lit tout prêt, il repartit à la cuisine et reprit une pleine poignée de farce et revint, moi, je courais autour de la table, la nappe blanche était pleine de traces de mes mains, à chaque instant, M. le docteur touchait la nappe de ses doigts sanglants, il me dépassa et moi, je courus en piaillant dans le couloir qui relie notre appartement à la salle de réunion, la salle était déjà éclairée et je tombai en pleine réunion, des lustres dorés et dessous une longue table recouverte de drap vert sur laquelle on avait ouvert registres et dossiers. Et M. le président Gruntorad arriva à ma suite, tous les membres du conseil d'administration crurent que M. le président voulait me tuer, Francin était assis sur une chaise et frottait son front d'une main sanglante et M. le président et moi, nous fîmes plusieurs fois le tour de la table, moi je glapissais et tous deux nous étions en nage, soudain, je glissai et tombai et M. le docteur Gruntorad, président de la brasserie municipale, société anonyme, me fourra sa main pleine de farce sur le visage, il s'assit, ses manchettes étaient défaites et il se mit à rire, il riait comme moi, nous riions, mais ce rire ajoutait encore à l'effroi des membres du conseil d'administration car ils pensaient tous que nous avions perdu la raison.

« Messieurs, si vous le voulez bien, je vous invite au repas de cochon. »

M. le docteur Gruntorad déclara : « Monsieur le gérant, faites apporter dix paniers de lager en bouteille de la réserve, que dis-je, dix, non, vingt paniers.

— Venez, messieurs, je vous en prie, mais le goulache du repas de cochon, ça se mange à la cuiller dans une assiette à soupe pleine à ras bord. Et tout à l'heure, on vous servira des saucisses au raifort et des boudins à l'orge et à la mie de pain. Par ici, messieurs, je vous en prie », et d'un geste de ma main ensanglantée, j'invitai les hôtes à passer par la porte de derrière.

Ensuite, tard dans la nuit, les membres du conseil d'administration repartirent chez eux dans leurs cabriolets, je les accompagnai tour à tour, une lampe à la main, les cabriolets s'arrêtaient devant notre entrée, les lampes de cocher plantées sur les garde-boue éclairaient le brillant des croupes luisantes des chevaux, tous les membres du conseil d'administration serrèrent la main de Francin et lui tapèrent sur l'épaule. Cette nuit-là, je dormis seule dans la chambre à coucher, un flot d'air froid entrait par la fenêtre ouverte, sur des planches posées entre les chaises les boudins et les saucisses étincelaient sur un lit de paille de seigle, tout à côté du lit, sur de longues poutres refroidissaient les pièces démontées du cochon, les jambons désossés et découpés, les côtelettes et les rôtis, les épaules et les jarrets et les pieds, le tout rangé selon le système de M. Myclík. En m'étendant dans le lit, j'entendis Francin qui se levait dans la cuisine pour se verser du café tiède qu'il accompagnait de pain sec. Ça avait été un banquet merveilleux, tous les membres du conseil d'administration avaient mangé comme s'ils étaient payés pour cela, seul Francin était resté debout dans la cuisine buvant du café tiède et mâchant du pain sec, j'étais couchée dans les édredons et avant de m'endormir, je sortis une main et je touchai les épaules de porc, puis je tâtai les rôtis et je m'endormis les doigts sur un filet vierge et je rêvai que je mangeais un cochon tout entier, au matin en me réveillant, j'avais une soif telle que pieds nus je m'en fus chercher une bouteille de bière, je la débouchai et bus goulûment, puis j'allumai la lampe et, la bouteille à la main, j'allai d'un morceau de porc à l'autre et je ne pus résister à l'envie d'allumer le réchaud à alcool, je découpai deux belles tranches maigres, je les tapai, puis les salai et les poivrai et je les fis sauter dans du beurre, huit minutes, pendant ce temps qui me sembla une éternité, l'eau me venait à la bouche, c'était cela que j'aimais, manger presque toutes les deux cuisses comme ça, sous forme d'escalopes nature, avec un filet de jus de citron, à la fin je versai un peu d'eau sur la viande, je mis le couvercle, une vapeur coléreuse s'en échappait et déjà je mettais mes escalopes sur une assiette et je mangeai avidement, je tachai ma chemise de nuit comme toujours je tache mon corsage de jus et de sauce, parce que, quand je mange, je ne mange pas, je dévore... Et quand j'eus terminé et saucé mon assiette avec du pain, je vis par la porte ouverte dans la pénombre les yeux de Francin qui me regardaient, seuls ces yeux pleins de reproche, qui me voyaient une fois de plus manger comme ne mange pas une femme convenable et encore heureux que j'eusse bien mangé car ce regard me coupait toujours l'appétit, je me penchai sur la lampe mais je me dis que la mèche allait enfumer ma viande, j'emportai donc la lampe dans le couloir et je l'éteignis d'un souffle puissant. Je me glissai dans le lit et touchant une épaule de porc, je me rendormis en me disant qu'au réveil ce serait bien agréable de me faire cuire encore deux escalopes nature.

III

Bod'a Červinka se mettait toujours en quatre pour mes cheveux. Ces cheveux, disait-il, sont ce qui nous reste d'un ancien âge d'or, jamais je n'ai eu sous mon peigne des cheveux pareils. Bod'a démêlait mes cheveux, on aurait dit qu'il avait allumé deux flambeaux dans sa boutique, l'incendie de mes cheveux brûlait dans les miroirs, les lavabos et les carafes et force m'était de reconnaître que Bod'a disait vrai. Jamais je ne voyais mes cheveux aussi beaux que dans la boutique de Bod'a, lorsqu'il les baignait dans une décoction de camomille que je préparais à la maison et que j'apportais dans une boîte à lait. Il faut que je vous dise que tant que mes cheveux étaient mouillés, jamais ils ne promettaient ce qui allait leur advenir en séchant ; dès le début du séchage on aurait cru voir naître dans leurs flots des milliers d'abeilles d'or, des milliers de vers luisants, des milliers de minuscules cristaux d'ambre étincelants. Et lorsque Bod'a passait pour la première fois son peigne dans ma crinière, on entendait un grésillement, ces cheveux crépitaient et se gonflaient, montaient et bouillonnaient tant et si bien que Bod'a était obligé de se mettre à genoux comme pour peigner les queues de deux étalons se tenant côte à côte. Et la lumière se répandait dans toute la boutique, des cyclistes sautaient de leurs vélos et venaient coller leur visage contre la devanture pour se persuader que c'était vrai, pour s'expliquer ce qui avait si brusquement attiré leur regard. Et Bod'a lui-même demeurait dans le nuage de mes cheveux, pour ne pas être dérangé il fermait toujours la boutique à clé, à chaque instant il venait humer mon parfum et lorsqu'il avait fini de me peigner, il poussait un soupir d'aise et c'est seulement alors qu'il nouait mes cheveux selon son goût auquel je faisais confiance, tantôt avec un ruban vert, tantôt avec un ruban rouge ou bleu comme si j'appartenais au rituel de la messe, comme si mes cheveux s'inscrivaient dans les fêtes de l'Église. Puis, il ouvrait la boutique, m'amenait ma bicyclette, suspendait la boîte à lait sur le cadre et, d'un geste courtois, m'aidait à monter en selle. Il y avait déjà foule devant la boutique, tout le monde contemplait ces cheveux qui fleuraient la camomille. Lorsque je me mettais à pédaler, M. Bod'a courait un moment derrière moi et tenait mes cheveux pour éviter qu'ils ne se prennent dans la chaîne ou dans les rayons. Et lorsque j'avais pris assez de vitesse, M. Bod'a projetait en l'air la pointe de ma coiffure comme on lance en l'air un cerf-volant, puis, à bout de souffle, il regagnait sa boutique. Et moi, je roulais et mes cheveux flottaient derrière moi, j'entendais leur crépitement comme lorsqu'on frotte entre ses mains du sel ou de la soie, comme le bruit lointain de la pluie sur un toit de tôle, comme des escalopes panées en train de frire, ainsi flottait derrière moi ce flambeau de cheveux ; cela faisait penser à la veille de la fête de Philippe et Jacob où les garçons courent la campagne avec des balais enduits de poix allumée, cela faisait penser au bûcher des sorcières, cette fumée de mes cheveux ondoyant derrière moi. Et les gens s'arrêtaient, cela ne m'étonnait en rien ; ils ne pouvaient détacher leur regard de ces cheveux claquant au vent qui venaient à leur rencontre comme une réclame. Et moi, ça me faisait du bien de voir que j'étais vue, la boîte à lait qui avait contenu la camomille résonnait contre le guidon et le peigne mouvant de l'air rejetait mes cheveux en arrière. Je traversais la place, tous les regards convergeaient sur ma chevelure flottante comme convergent les rayons de la roue de la bicyclette sur laquelle pédalait mon MOI en mouvement. Ainsi flottante, Francin me rencontra par deux fois et chaque fois ces cheveux flottants lui coupèrent le souffle ; il fit comme s'il ne me connaissait pas, il était incapable de me lancer un cri, paralysé par mon apparition inattendue, il se plaqua contre le mur et dut attendre un moment avant de retrouver sa respiration ; j'avais l'impression que si je lui adressais la parole, il allait tomber de tout son long, c'était d'être tellement amoureux qui le collait au mur comme le petit orphelin du dessin d'Aleš dans nos livres de lecture. Et moi, je pédalais, mes genoux cognaient tour à tour la boîte à lait, les cyclistes qui venaient en face s'arrêtaient, certains faisaient demi-tour pour se lancer à ma poursuite, ils me dépassaient, revenaient en arrière pour aller une fois de plus à ma rencontre et ils saluaient mon joli corsage, ma boîte à lait, mes cheveux flottants et ma personne tout entière et moi je leur offrais gracieusement ce spectacle, je les comprenais bien et je regrettais seulement de ne pas avoir le don de pouvoir un jour rouler à ma propre rencontre pour prendre moi aussi plaisir à ce dont j'étais fière, à ce dont je ne pouvais avoir honte. Je traversai derechef la place, puis je pris la grand-rue, là devant le Grand Hôtel se trouvait la moto de Francin — marque Orion —, Francin, une bougie à la main, se tenait là avec sa motocyclette et c'est certain qu'il m'a vue, mais il fait semblant de ne pas me voir, l'allumage de cette moto fait tout le temps des siennes, si bien que dans le side-car Francin ne transporte pas seulement toutes ses clés, tenailles et tournevis mais même un petit tour à pédale. Et à côté de Francin, deux messieurs du conseil d'administration de la brasserie, société anonyme, avant de faire claquer mon talon sur le pavé, j'ai tendu la main derrière moi pour ramener mes cheveux et les poser sur mes genoux.

« Salut, Francin. »

Et Francin soufflait sur sa bougie pour la

déboucher et lorsqu'il m'entendit, la bougie lui tomba des mains, il avait deux traînées de cambouis sur la figure.

« Mes hommages, chère madame, dirent ces messieurs du conseil d'administration.

— Bonjour, messieurs, quelle belle journée, n'est-ce pas ? dis-je et Francin rougit jusqu'à la racine de ses cheveux.

— Où est-ce qu'elle est tombée ta bougie, Francin ? »

Et je me penchai, Francin se mit à genoux pour chercher la bougie sous le side-car, je posai mon petit mouchoir sur le pavé et je me mis à genoux moi aussi, mes cheveux tombèrent, M. de Giorgi, maître fumiste, prit tendrement mes cheveux et les jeta sur son bras comme un sacristain l'étole d'un prêtre ; Francin était à genoux, le regard fixé sur l'ombre bleue du side-car et je vis que ma présence l'avait troublé si fort qu'il cherchait sa bougie uniquement pour se donner une contenance, il faut que je vous dise que c'était pareil le jour de notre mariage, en me mettant la bague au doigt ses mains tremblaient si fort que l'alliance est tombée par terre et a roulé je ne sais où, tant et si bien que d'abord Francin, puis les témoins, ensuite les invités se sont mis à la chercher, d'abord penchés, puis à quatre pattes, oui, même le prêtre a rampé dans l'église jusqu'à ce que l'enfant de chœur trouvât l'anneau sous la chaire, cette alliance ronde qui avait roulé tout à l'opposé de là où toute la noce l'avait cherchée. Et moi, ce jour-là, je suis restée plantée là, en train de rire... « Il y a quelque chose à côté du caniveau, là... », dit un garçon qui continua aussitôt de courir derrière son cerceau le long de la grand-rue.

Et la bougie était à côté du caniveau, Francin la prit dans ses doigts et lorsqu'il voulut la visser dans le moteur ses mains tremblaient tellement que la bougie cliquetait dans le pas de vis. Et la porte du Grand Hôtel s'ouvrit pour laisser passer M. Bernádek, maître forgeron, celui qui était capable de vider un tonnelet de Pilsen dans sa soirée et il apportait une chope de bière.

« Chère madame, ne vous vexez pas, prenez une gorgée.

— À la vôtre, maître forgeron. »

Je plongeai mon petit nez dans la mousse, je levai la main comme pour prêter serment et je bus lentement et avec joie cette boisson douce-amère et lorsque j'eus fini, j'essuyai mes lèvres avec mon index et je dis : « Mais la bière de notre brasserie est tout aussi bonne. »

M. Bernádek me fit une révérence. « Pourtant, la bière de Pilsen, chère madame, est encore plus proche de la couleur de vos cheveux, permettez, balbutia le maître forgeron, qu'en votre honneur j'aille continuer à boire à vos cheveux d'or. »

Il me fit une nouvelle révérence et partit, un spécimen de cent vingt kilos vêtu d'un pantalon dont le derrière faisait des plis énormes comme celui d'un éléphant. « Francin, dis-je, tu rentres déjeuner ? »

Avec une feinte concentration, il serrait la bougie dans la culasse du moteur. Je fis la révérence à ces messieurs du conseil d'administration, appuyai sur les pédales, lançai derrière moi des flots de bière de Pilsen et, prenant de la vitesse, je parcourus une rue étroite qui débouchait sur le pont où le paysage s'ouvrit devant moi comme un parapluie. Je sentis l'odeur de la rivière et là, tout au fond, se dressait la brasserie beige avec la malterie, la brasserie municipale, société anonyme.

IV

Sur le couvercle de la boîte de l'extenseur, une inscription : Acquérez à votre tour un corps magnifique, des muscles puissants, une force terrible !

Et tous les matins, Francin exerçait ses muscles, muscles non moins superbes que ceux du gladiateur du couvercle de cet extenseur, alors même que Francin persistait à se voir sous les espèces d'un lapin écorché. Je posai la marmite de pommes de terre sur la cuisinière, je pris la boîte décorée de la photo d'un superbe lutteur et je lus à haute voix :

« Acquérez à votre tour la force du tigre qui d'un seul coup de patte met à mort un animal bien plus grand que lui. »

Francin jeta un coup d'œil sur la rue et l'extenseur se flétrit entre ses mains et aussitôt Francin s'étendit sur le canapé comme si on lui avait coupé les jambes et dit :

« C'est Jojo.

— Enfin, je vais voir ton frère, enfin je vais entendre la voix de mon beau-frère, de mon gentil beau-frère ! »

Je m'appuyai contre le cadre de la fenêtre et sur le trottoir je vis un homme coiffé d'un petit chapeau ovale, vêtu d'une culotte de cheval à carreaux, les jambes enfilées dans des chaussettes tyroliennes vertes ; il fronçait le nez et portait un sac de soldat sur le dos.

« Oncle Jo, l'appelai-je du seuil, entrez donc.

— Et vous seriez laquelle ? dit l'oncle Jo.

— Ben votre belle-sœur, voyons, bienvenue chez nous !

— Bon sang, mais j'en ai de la chance d'avoir une belle-sœur aussi mignonne, mais où est le Francin ? demanda l'oncle en se poussant dans la cuisine et dans la chambre.

— Ah, t'voilà, alors qu'est-ce que t'as ? T'es couché. Ben moi, que je te dise, j'suis venu vous faire une petite visite, j'resterai pas plus de quinze jours », dit l'oncle et sa voix tonnait et coupait l'air comme un drapeau, comme un commandement militaire et on aurait dit que chaque mot envoyait un choc électrique à Francin, il sursautait et s'enroulait encore plus serré dans sa couverture.

« Faut que je te donne le bonjour de tout le monde, y a que la Bóchalena qu'a déjà trépassé, y a une espèce de chenapan qui lui a fourré de la poudre dans une bûche et la vieille l'a mise dans la cuisinière, ça a explosé, la vieille l'a pris en pleine bouille, une bonne secousse et c'en était fait d'elle.

— Bóchalena ? — je levai les bras au ciel — c'était votre sœur ?

— Not' sœur ? qu'est que vous allez chercher là ! C'était la marraine, c'était une bonne femme qui s'est enfilé des pommes et des brioches du matin au soir pendant trente ans en disant : Mes petits enfants, j'm'en vais bientôt mourir, j'ai le cœur à rien faire, j'demande qu'à dormir... et moi aussi, j'suis un peu patraque », ajouta l'oncle et il dénoua les cordes de son sac et fit tomber ses outils de cordonnier sur le plancher et, entendant ce boucan, Francin pressa ses paumes contre son visage comme si l'oncle lui avait fait tomber cet attirail de cordonnier dans le cerveau.

« Oncle Jo, dis-je en poussant le plat vers lui, prenez donc une brioche. »

Et l'oncle Jo mangea deux brioches et proclama : « J'suis un peu patraque.

— Ça alors ! » Je tombai à genoux, émerveillée à la vue de ces formes, marteaux, couteaux à couper et autres outils de cordonnerie.

L'oncle prit peur :

« Attention ! N'allez pas me salir tout ça avec vos cheveux, mais que je te dise, Francin, le curé Zbořil s'est si méchamment cassé la jambe à la hanche qu'il est parti pour traîner la patte jusqu'à la fin de ses jours. L'oncle Zavičák, lui, était en train de réparer le toit du clocher, mais la balancelle a basculé et voilà l'oncle en pleine chute, mais il s'est attrapé à l'horloge et alors, il était là, les mains agrippées à l'aiguille, mais l'aiguille a fléchi, de midi moins le quart cette aiguille est tombée à onze heures et demie, l'oncle a poussé un cri et du coup il a lâché l'aiguille, et le voilà qui tombe mais c'est qu'à c't endroit y a des tilleuls et l'oncle est tombé dans la couronne d'un de ces tilleuls et le curé Zbořil qui regardait tout ça, il a joint les mains et il voyait Zavičák qui tombait d'une branche à l'autre et finalement il est tombé sur le dos et le curé Zbořil s'est précipité pour le féliciter, mais il a manqué une marche et il est tombé à son tour et s'est cassé la jambe et il a fallu que l'oncle Zavičák charge le curé Zbořil sur une charrette et voilà qu'on l'emmène à l'hôpital de Prostějov. »

Je pris une forme de bois pour une petite chaussure de femme et je la caressai.

« C'est beau, tu ne trouves pas, Francin », dis-je, mais Francin gémit comme si je lui avais montré un rat ou une grenouille.

« Oui, c'est beau et comment », dit l'oncle et il sortit un pince-nez et l'installa sur son nez et ce pince-nez n'avait pas de verres et Francin, voyant ce pince-nez sans verres sur le nez de son frère, geignit, c'était presque un sanglot et il se tourna vers le mur et puis il s'agita et les ressorts du canapé gémirent comme lui.

« Et l'oncle de Jezery, qu'est-ce qu'il devient ? » demandai-je.

L'oncle Jo fit un geste dédaigneux et il prit Francin par l'épaule, le retourna vers lui et de sa grosse voix se mit à raconter avec enthousiasme :

« Alors l'oncle Metud à Jezery, y s'est mis à être comme qui dirait bizarre et alors, il a lu sur le journal : Vous vous ennuyez ? Alors achetez un ourson laveur. Et comme l'oncle Metud n'a pas d'enfants, alors il a répondu à c't annonce et au bout d'une semaine, voilà l'ourson laveur qui arrive dans une petite caisse. C'était quelque chose, je vous le dis ! Comme un enfant, pas sauvage pour un sou, mais juste que tout ce qu'il voyait, il le lavait et alors il a lavé le réveille-matin de l'oncle Metud et trois montres et si bien lavé qu'y a plus personne capable de les réparer. Un aut' jour, le voilà qui lave toutes les épices de la cuisine. Et un aut' jour encore, lorsque l'oncle Metud était en train de démonter son vélo, alors l'ourson est allé tout laver dans le ruisseau et les voisins venaient à la maison en disant : Oncle Metud, vous auriez pas besoin de ce machin-là ? On l'a trouvé dans le ruisseau et comme ils avaient déjà apporté plusieurs pièces, l'oncle Metud est allé regarder et l'ourson avait emporté presque tout le vélo. Elles sont sacrément bonnes, vos brioches ! Mais c't ourson, pour aller aux cabinets, y voulait faire que sur l'armoire, alors toute la baraque sentait le cabinet. Finalement, y a fallu qu'ils ferment tout à clé et y a même fallu qu'ils se parlent à voix basse. Ah, elles sont bonnes vos brioches, dommage que je sois si patraque. Mais l'ourson, y a bien regardé pour voir où ils mettaient la clé et il allait ouvrir toutes les cachettes. Mais le pire, c'est que le soir l'ourson faisait la police, et à peine l'oncle Metud donnait un bécot à la tante, alors l'ourson se jetait sur lui, y en voulait aussi et alors l'oncle Metud et la tante Rozaro y devaient se retrouver dans les bois, se donner des rendez-vous comme avant leur mariage et y encore y zétaient tout le temps à se retourner pour voir si l'ourson ne les avait pas suivis. Et alors, y zavaient pas le temps de s'ennuyer jusqu'au jour où ils sont partis pour deux jours et l'ourson y s'ennuyait tant à cette Pentecôte qu'il a démoli le grand poêle de faïence dans la chambre et il a cochonné les meubles et les édredons et le linge dans le coffre, si bien que l'oncle Metud s'est assis et y a écrit une annonce pour *L'Aile de Moravie :* Vous vous ennuyez ? Achetez un laveur. Et depuis ce temps-là, il est guéri des idées noires. »

L'oncle Jo parlait tout en avalant une brioche après l'autre, puis sa main fouilla le plat, le tâta tout entier et ne trouvant rien, il fit un geste de résignation et dit :

« J'suis un peu patraque.

— Comme Bóchalena, dis-je.

— Débitez donc pas de balivernes, hurla l'oncle Jo. Bóchalena, c'était une bonne femme qui se bourrait de pommes, sauf qu'elle a eu une vision...

— À cause des pommes ?

— Des clous ! Des visions, ben les bonnes femmes elles en ont des visions, c'est rapport à l'église qu'elle a eu une vision ! — l'oncle Jo s'étranglait en parlant — comme quoi un grand cheval volait de nuit au-dessus de not' bourg et la crinière et la queue du cheval étaient en feu et alors la Bóchalena a dit : Va y avoir la guerre et c'est vrai qu'il y a eu la guerre, mais Francin, l'an dernier le bourg était tout retourné. Les bonnes femmes tombaient à genoux, moi aussi, je l'ai vu, y avait le petit Jésus en train de voler dans l'air au-dessus de la place et de l'église. Mais après coup, la chose s'est expliquée, Lolan, le petit pastoureau, gardait ses moutons et y avait des aéroplanes qui s'entraînaient avec une espèce de sac attaché par-derrière et on tirait dedans avec une mitrailleuse, alors ils avaient oublié le câble et le câble, comme il traînait par terre, alors y s'est enroulé autour de la jambe de Lolan, faut dire que c'est un très bel enfant avec des petits cheveux de lin, et lorsque l'aéroplane est monté dans l'air, le câble a monté aussi et Lolan avec et voilà Lolan volant au-dessus de not' bourg mais les bonnes femmes ont cru que c'était le petit Jésus et surtout lorsque le câble a accroché les tilleuls à côté de l'église et que le petit Jésus s'est mis à tomber d'une branche à l'autre comme l'oncle Zavičák et lorsqu'il est tombé à terre, Lolan a dit : Où sont mes agneaux ? et les bonnes femmes se mettaient à genoux pour se faire bénir. »

L'oncle racontait son histoire et sa voix était sonore et joyeuse et tonnait dans la pièce.

Francin s'habillait, voilà qu'il enfilait son gilet et sa redingote, de la main, il étala sa cravate en forme de feuille de chou, je lui arrangeai son col de caoutchouc aux pointes relevées, je levai les yeux pour regarder dans ses yeux, je posai un baiser sur le bout de mes doigts.

« Pour quinze jours ? chuchota-t-il. Tu verras, il va rester quinze ans et peut-être toute sa vie. »

Voyant combien il était malheureux, j'imprimai mon baiser sur ses lèvres et il eut honte, me regarda avec reproche, une femme convenable ne se comporte pas ainsi en public, même si ce public ne se compose que de l'oncle Jo et Francin se dégagea de mes bras et partit dans son bureau par la porte de derrière, à travers la paroi j'entendis le bruit de la double porte vitrée, ah ! ce Francin avec son idée de « la femme convenable », depuis que je l'avais épousé il plantait et dressait devant moi cette idée de « la femme convenable », il dessinait devant moi cette femme exemplaire que je n'avais jamais été, que je ne pouvais pas être, moi qui aimais tellement les cerises, mais quand j'en mangeais à ma façon, goulûment, sauvagement, il rougissait jusqu'à la racine des cheveux et moi, je ne comprenais pas la raison de ses indignations, jusqu'au jour où je vis moi-même qu'une cerise dans ma bouche est la raison de son trouble parce qu'une femme convenable ne mange pas les cerises avec une telle voracité. À l'automne, lorsque j'effeuillais les épis de maïs, alors il regardait ma main qui arrachait les feuilles et ces petites flammes dans mes yeux et de nouveau, une femme convenable n'effeuille pas le maïs comme ça, et si elle le fait alors au moins pas avec ce grand rire et ces yeux de braise comme les miens, si un autre homme me voyait ainsi, il pourrait, dans cet épi effeuillé par ma main, voir quelque signe encourageant son désir.

L'oncle Jo étala sur un tabouret ses trésors de cordonnier, puis il m'ôta mon petit escarpin et, après en avoir nommé toutes les parties, il remit son pince-nez sans verres et déclara solennellement :

« Et parce que vous êtes une dame d'une exceptionnelle intelligence, je m'en vais vous raccommoder tous vos jolis souliers troués, car moi, j'ai fait des souliers pour un fournisseur de la cour qui avait la faveur non seulement de la cour impériale, mais la faveur du monde entier où il livrait ses souliers...

— À bicyclette, dis-je.

— Des clous ! hurla l'oncle Jo. Vous croyez qu'un fournisseur de la cour, c'est comme un tueur de rats ou un chiffonnier ? Ces hommes-là possèdent des navires et des trains et s'ils rencontraient l'empereur à bicyclette... »

Je levai les bras au ciel :

« Parce que l'empereur aussi roulait à bicyclette ?

— La voilà encore en train de jacasser comme une pie tombée du nid ! hurla l'oncle. Moi, je vous dis, si l'empereur rencontrait un fournisseur de cet acabit-là à bicyclette, il lui prendrait...

— La bicyclette.

— Des clous ! Il lui confisquerait son titre et l'aigle sur son blason », hoquetait et râlait l'oncle Jo, mais aussitôt il se tourna vers le tabouret, sourit comme un bienheureux, sortit un petit pot, l'ouvrit, le huma, me le fit sentir à mon tour et leva le bras :

« Félicitez-vous, ma belle-sœur, ça c'est de la poix de cordonnier ou encore de la colle à chaussures », dit l'oncle Jo en posant le petit pot ouvert sur une chaise.

Et à travers la paroi nous parvenaient de la salle de réunion des bruits de chaises, une conversation en sourdine, le frottement des semelles, puis les chaises se turent et Francin ouvrit la réunion et présenta à voix basse son rapport sur les affaires de la brasserie pendant le mois écoulé.

« Oncle Jojo, dis-je en m'enhardissant, ce fournisseur de cour, il livrait des souliers chez les paysans riches, il les portait dans les cours des fermes, c'est bien ça ?

— Des clous ! hurla l'oncle Jo, qu'est-ce que vous avez à babiller comme un enfant au berceau ? Un fournisseur de la cour n'a rien à voir avec les vaches et les granges. Ces fournisseurs de la cour, ce sont des gens très nerveux, le vieux Kafka lui aussi était nerveux comme pas un et comme sa petite fille passait son temps à se cogner la tête contre les coins des meubles, alors le vieux Kafka, fournisseur de la cour, a pris toute une corbeille d'épaulettes à l'atelier et il en a recouvert tous les coins des meubles, oui, et nerveux comme il était il a ouvert la porte si brusquement qu'il a assommé la petite et Látal lui a donné un bon conseil : il suffisait d'une seule épaulette, mais qu'il l'attache sur le front de la gamine.

— Ce Látal, oncle Jojo, c'était le cousin de Francin ?

— De la merde ! cria l'oncle Jo, Látal, c'était l'instituteur ! L'an dernier, il est tombé du premier étage lorsqu'il expliquait ce que c'est le temps uniforme, que c'est lorsqu'un train roule, roule, roule, roule, roule... Et Látal, il faisait des moulinets avec ses bras et courait vers la fenêtre ouverte en faisant le train et il est tombé de cette fenêtre et toute la classe en joie s'est précipitée pour voir si l'instituteur s'était cassé les jambes dans les tulipes, mais Látal avait déjà disparu, il a fait le tour par-derrière et il est remonté par l'escalier et de nouveau le train qui roule, roule, roule, roule... et comme ça il est rentré dans la classe dans le dos des élèves penchés à la fenêtre. »

Et dans la salle de réunion à travers la paroi, la voix du président, le docteur Gruntorad :

« Monsieur le gérant, qui est-ce qui hurle comme une bête là-bas ?

— S'il vous plaît, c'est mon frère qui est venu en visite.

— Alors, monsieur le gérant, veuillez aller dire à M. votre frère de se modérer un peu. Dites-lui que cette brasserie nous appartient. »

« Ce Látal était marié à Mercina, votre cousine, n'est-ce pas, oncle Jojo, dis-je affectueusement.

— Qu'est-ce que vous allez encore chercher ! Mercina, c'est l'oncle Vaňura qui l'a épousée, le cuisinier qui travaillait dans le Balkan express, lui il habitait ici en Bohême, quelque part du côté de Mnichové Hradistě et ce Balkan express passait par Mnichové Hradistě une fois la semaine et alors, à dix heures et demie du matin, Mercina lâchait le chien, le chien allait à la gare, l'oncle Vaňura se penchait à la portière du Balkan express et laissait tomber un grand paquet d'os, mais cette année, un jour où l'oncle Vaňura a lancé son paquet d'os, il est tombé sur le chef de gare et l'a renversé et Vaňura a dû payer le nettoyage du quai », criait l'oncle Jo.

Puis, il reprit mon soulier et remit son pince-nez sans verres et hurla avec enthousiasme : « Foin de toutes ces bêtises, je m'en vais encore une fois tout vous expliquer et après je vous le mets dans la main et vous allez essayer toute seule. Alors ça, c'est la découpe parisienne et ça, sur ce petit soulier, c'est le cou-de-pied ou l'empeigne. Mais là, c'est le dessous ou encore la semelle et ici, c'est le talon ou Absatz. N'oubliez pas, ma belle-sœur, que celui qui veut faire le cordonnier, il faut qu'il ait son certificat d'apprentissage et ce certificat c'est comme si vous aviez le baccalauréat ou le doctorat. Le fournisseur de la cour, Weinlich...

— Ulrich ? » Je mis une main en cornet à l'oreille.

« Weinlich ! hurla l'oncle, wein comme vin, un jour un nigaud a bousillé une paire de souliers et il les a portés à Weinlich, le fournisseur de la cour, et ce fournisseur qu'il lui dit : Bougre d'animal, vous avez esquinté ces souliers, qu'est-ce que vous voulez que j'en fasse à présent ? Et cet imbécile lui dit : Vous n'avez qu'à les vendre aux juifs. Et Weinlich était lui-même juif et le voilà qui gueule : Parce que vous prenez les juifs pour des cochons !

— Jo, dis-je à voix basse.

— Merde ! tonna l'oncle en se dressant au-dessus de moi, l'air menaçant, moi, j'ai eu des compliments de partout et alors vous croyez qu'un beau monsieur comme ça sera à tu et à toi avec moi ! Alors, pas de Jo qui tienne. Ma belle-sœur, vous êtes bête à manger du foin. »

Et l'oncle se frappa le front du poing si fort que le pince-nez s'envola sous l'armoire, mais la vue de mon petit soulier le calma, il s'assit et, montrant du doigt, il continua à me faire la leçon en hurlant :

« Alors ça, c'est le talon ou encore Absatz, et sur ce talon ou encore Absatz nous avons la talonnette ou le bourrelet également appelé couche-point chez les professionnels de la cordonnerie. »

Je pris dans mes mains une longue cuiller de fer au bout râpeux comme une langue de bœuf et je dis :

« Oncle Jo, ça s'appelle un Abnehmer, n'est-ce pas ?

— Mais non ! hurla l'oncle blessé, *ça*, c'est un Abnehmer [1] ou bien une lime, ça c'est une râpe ou bien un grattoir. »

Brusquement, la porte s'ouvrit et sous le

1. L'utilisation de synonymes allemands indique ici que l'oncle Jo a fait son apprentissage à Vienne, du temps de l'empire austro-hongrois.

chambranle se tenait Francin, pressant sa cravate dans sa paume et il ouvrit les bras, s'agenouilla, s'inclina jusqu'à la taille devant l'oncle Jo et ensuite devant moi.

« Qu'est-ce que vous avez à hurler comme ça vous deux, les uhlans ? Jo, pourquoi tu brailles comme ça ? et il posa la main sur le pot de colle ouvert.

— C'est pas moi, balbutia l'oncle Jo.

— Alors qui ? Moi... par hasard ? dit Francin en se montrant lui-même des deux mains.

— Alors, quelqu'un dans moi, dit l'oncle Jo si gêné qu'il en tricotait des doigts.

— Calmez-vous, le conseil d'administration de la brasserie est en séance, c'est M. le président qui m'a envoyé vous faire la commission. » Francin leva la main et repartit à reculons dans le couloir.

Et, de nouveau, on entendit sa voix basse, Francin continuait à faire son rapport dans lequel il expliquait comment le mois prochain on allait compenser le passif du mois qui venait de se terminer. J'apportai sur la table un petit seau de saindoux et je me mis à faire des tartines à l'oncle Jo, une tartine après l'autre, dès qu'il allait se mettre à parler, je lui tendais une nouvelle tartine, mais dans la salle de réunion la voix de Francin s'arrêta, on entendit des frottements de semelles, puis des cris, le bruit des pieds des chaises en pin verni comme si tous les membres du conseil étaient en train de se lever, je crus que c'était déjà la fin de la séance, mais la voix du président du conseil d'administration de la brasserie, le docteur Gruntorad, s'écria : « Dix minutes de suspension ! »

Et la porte entre le bureau et le couloir s'ouvrit brusquement comme sous l'effet d'un coup de pied et voilà Francin qui arrivait dans la chambre, serrant sa cravate dans sa main et criant :

« Qui est-ce qui m'a fourré de la colle sur la chaise ? Quelle horreur ! J'étais collé si fort à la page du registre que je ne pouvais même pas la tourner. M. de Giorgi a voulu m'aider et lui aussi s'est empoissé et il ne pouvait même plus arracher ses mains du tapis vert ! Et M. le président s'est englué le pince-nez qui lui colle à la figure. Et moi, surtout, je me suis collé les doigts à la cravate, regardez un peu. » Francin écarta la main et les élastiques qui tenaient la cravate se tendirent.

« Je vais apporter un peu d'eau tiède », dis-je.

Mais Francin fit un geste brusque, les caoutchoucs s'étirèrent et se cassèrent, la main avec la cravate fut projetée en avant, les caoutchoucs cinglèrent le cou de Francin et il gémit à voix basse comme un petit garçon : « Aïe ! »

L'oncle Jo prit le couvercle du pot, le mit sous les yeux de Francin et dit fièrement :

« C'est fabriqué par le centre du monde de la chaussure, par la maison Salamandre de Vienne ! »

Et l'oncle tenait sur son nez le pince-nez sans verres.

V

Tous les mois Francin se rendait à Prague sur sa motocyclette, mais chaque fois il tombait en panne et il fallait réparer l'engin. Mais il rentrait tout réjoui, beau comme un astre et moi je devais écouter en grand détail ce qu'il avait dû entreprendre pour que son Orion immobilisé redevienne cette moto qui arrivait toujours à bon port. Arrivait à bon port, à savoir que la moto rentrait à la brasserie, même les jours où c'était Francin qui la poussait. Mais jamais il ne se fâchait, il poussait tout ce bidule dix, quinze, mais parfois cinq kilomètres seulement et le jour où il avait poussé la motocyclette à partir de Zvěřínek, un village à trois kilomètres de chez nous, Francin déclara avec satisfaction que ça allait mieux. Aujourd'hui, Francin est rentré de Prague tiré par un attelage de vaches. Après avoir payé le paysan, il s'est précipité dans la cuisine et comme toujours, je l'ai embrassé, de nouveau nous nous sommes mis sous la lampe à chaîne et si quelqu'un avait regardé par la fenêtre il aurait été bien étonné. Car lorsque

Francin revenait de Prague, c'était chaque fois le même rituel, Francin fermait les yeux et moi, je plongeais la main dans la poche intérieure et Francin faisait non de la tête, après je cherchais dans la poche de gauche et Francin faisait non de la tête, ensuite je cherchais dans la poche du pantalon et Francin hochait la tête et tout le temps il gardait les yeux fermés avec un air de béatitude et chaque fois je trouvais caché dans ses vêtements un petit paquet et de ce petit paquet que je déballais lentement, feignant l'étonnement et la joie, je sortais tantôt une bague, tantôt une broche et une fois une montre-bracelet. Mais ce rituel-là n'était pas celui des débuts : auparavant, en revenant de Prague où il se rendait une fois par mois à la Maison des Brasseurs, Francin entrait dans la maison et attendait la tombée de la nuit ; alors, il m'ordonnait de fermer les yeux et je fermais les yeux dès qu'il entrait dans la cuisine, Francin m'entraînait dans la chambre, il me faisait asseoir devant la glace et je devais promettre de ne pas regarder et lorsque j'avais promis, il posait sur ma tête un beau chapeau et disait « ça y est ! » et je regardais dans la glace et je prenais le chapeau dans mes mains et je le remettais à mon goût et Francin me demandait : « Qui t'a acheté ça, Maryška ? » et moi, je disais : « C'est Francin » et je lui baisais la main et il me caressait, une autre fois il apporta quelque chose qu'il me mit au cou et ça me faisait froid et j'ouvris les yeux et je vis briller dans la glace un collier en verroterie de Jablonec et Francin me demanda : « Qui t'a acheté ça ? » et je lui baisai la main et je dis : « C'est toi, Francin » et il demanda : « Et c'est qui Francin ? » Et moi je dis : « C'est mon petit mari. » Et ainsi, tous les mois, je recevais un cadeau, Francin connaissait toutes les mesures de mon corps, il les savait par cœur. Sans en avoir l'air, il essayait toujours de me faire dire ce qui me ferait plaisir. Et moi, je ne le disais jamais directement, je parlais toujours de telle ou telle chose et Francin devinait et ensuite, lorsque pour la première fois il m'eut apporté une bague, il se plaça sous le lustre vert à chaîne et pour la première fois il m'apprit à chercher dans ses poches, dans les grandes et dans les petites et moi je devinais toujours où était le cadeau mais toujours j'y allais en dernier pour faire plaisir à Francin.

Aujourd'hui, lorsqu'il est revenu traîné par un attelage de vaches, il m'a demandé de fermer les yeux. Et il a emporté quelque chose dans la chambre. Et puis, il a éteint la lumière, il m'a prise par la main et, les yeux toujours fermés, il m'a entraînée, il m'a fait asseoir sur le petit fauteuil devant la coiffeuse et puis il est allé tirer les rideaux et j'ai entendu le cliquetis d'un couvercle, je me suis dit qu'il m'avait acheté un carton à chapeaux, puis je l'ai entendu enfoncer une fiche dans la prise, je me suis dit qu'il m'avait acheté je ne sais quel robot, un réchaud ultra-moderne ou une lampe solaire et puis j'ai entendu un crépitement et un bruit sourd qui s'amplifiait peu à peu. Francin a posé une main légère sur mon épaule et a dit : « Ça y est. » J'ai ouvert les yeux et ce que j'ai vu était splendide. Tel un magicien, Francin tenait dans ses doigts un petit tube empli d'une lumière bleu pâle, une sorte de lumière violette et grasse qui éclairait ses mains, son visage et ses vêtements, un incendie violet étouffé dans un petit tube que Francin approcha de mes bras et mes bras étaient magnifiques, je sentais que cette lumière crachait une sciure violette, de petites étincelles immatérielles qui me pénètrent et me parfument tout entière, voici que je fleure l'orage d'été et l'air de la chambre est embaumé comme lorsque la foudre vient de frapper. Lentement, Francin souleva cette belle chose et lentement, il fit passer le petit tube au-dessus d'une mallette ouverte et là, sur un lit de velours rouge, même le couvercle était capitonné, disposés en éventail reposaient toutes sortes de petits pinceaux, de tubes, de clochettes, tout cela en verre et fermé comme des bouteilles, des dizaines d'instruments de verre et Francin enleva le tube et, puisant dans la mallette, il monta sur la poignée de bakélite un bel objet après l'autre, chaque fois le récipient de verre s'éclairait, s'emplissait de cette lumière violette qui crépitait et se propageait dans le corps selon les besoins de tout un chacun. Francin changeait et essayait toutes ces électrodes remplies de gaz néon et parlait à voix basse : « Maryška, maintenant, l'oncle Jo pourra hurler, maintenant, ils pourront me faire des misères à la brasserie, ils pourront m'injurier tant qu'ils voudront, ici... ici nous avons ces étincelles thérapeutiques qui se transforment en santé, des hautes fréquences qui donnent une nouvelle joie de vivre, un nouveau courage dans la vie... Maryška, c'est pour toi aussi, pour tes nerfs, pour ta santé, ici, tu vois, c'est la cathode qui guérit les oreilles, cette cathode-ci masse le cœur, rends-toi compte, un crépitement phosphorescent qui te bonifie le cœur. Et ça, ici, c'est pour l'hystérie et l'épilepsie, cet ozone violet t'enlève l'envie de faire en public des choses qu'une personne convenable doit seulement penser ou alors faire à la maison et il y a encore d'autres électrodes pour les orgelets et les taches de son, les muscles déchirés, contre la migraine, le quinzième combat l'afflux du sang au cerveau, le sang qui monte au cerveau et les hallucinations », racontait Francin à voix basse faisant défiler devant moi ces formes remplies de néon, toutes différentes, ces électrodes ressemblaient plutôt à des pilons ou à des fleurs d'orchidée qu'à des instruments thérapeutiques, moi j'écoutais et tout d'abord la surprise me rendit muette, et pourtant les électrodes contre les hallucinations et les hautes fréquences contre l'hystérie et l'épilepsie cachaient une allusion directe à ma personne, mais je n'avais pas de raison de protester tant j'étais ébaubie par cette beauté violette. Francin monta une électrode en forme d'écouteur, il l'approcha de mon front, je me regardais dans la glace et c'était un bien joli spectacle ! Je ressemblais à une belle nymphe, à l'une de ces demoiselles sur des gravures de la fin du siècle, violette, aux boucles roussies par l'étoile du soir ! Des boîtes sous vide enfermant l'orage violet de l'aurore boréale ! Et, de nouveau, Francin se penchait sur la mallette et enfonçait dans la poignée de bakélite un peigne en néon, ce peigne en néon brillait comme une réclame de boutique de frivolités à Vienne ou à Paris, puis Francin s'approcha de moi, enfonça ce peigne crépitant dans ma chevelure, moi je me regardais dans la glace et je savais que désormais je ne désirais plus rien que de peigner mes cheveux avec ce peigne. Et lentement, comme s'il le savait, Francin faisait passer ce peigne lumineux dans ma chevelure orageuse, dans ces cheveux qui l'obligeaient à se pencher jusqu'à terre puis à se relever pour repasser dans mes cheveux ce peigne connecté aux hautes fréquences, je me mis à trembler de tout mon corps, il fallait que je m'étreigne moi-même, Francin soufflait doucement, chaque fois il ne pouvait s'empêcher de plonger tout son visage dans ces cheveux auxquels l'orage violet et froid faisait tant de bien que lorsque le peigne revenait, les extrémités des cheveux se dressaient à sa suite et de nouveau ce peigne violet se frayait une descente à travers mes cheveux, ce canot bleuté tombant à travers les rapides, les cascades de mes cheveux, ce peigne de verre creux, empli d'une moelle violette ! « Maryška », chuchotait Francin et il s'assit derrière moi et de nouveau il passait le peigne dans mes cheveux chargés d'électricité, « Mary, cela, on le fera tous les jours, j'ai apporté cela pour que la couleur bleue calme toute l'activité vitale, tranquillise tes nerfs, alors que pour moi ce seront plutôt les électrodes de couleur rouge qui accélèrent la circulation du sang et tonifient l'organisme de la vie... », disait Francin à mi-voix et dans le cagibi derrière la cuisine on entendait des coups de marteau et s'élever une voix exaltée, puis de plus en plus coléreuse, c'était l'oncle Jo, venu pour quinze jours, et voilà déjà tout un mois qu'il était à la maison et Francin, lorsque je le caressais sous la lampe et que je lui ôtais ses frayeurs du revers de la main, me disait qu'il était terrifié à l'idée que l'oncle Jo allait rester vingt ans et peut-être même jusqu'à la fin de ses jours. Et l'oncle Jo nous réparait les chaussures et les souliers dans le cagibi où il dormait également, mais ce n'étaient plus des chaussures, c'étaient des créatures vivantes avec lesquelles l'oncle Jo se battait, il les mettait K.-O., il les injuriait du matin au soir de sorte que j'entendais des gros mots que je n'avais jamais encore entendus et de plus, toutes les demi-heures, l'oncle prenait le soulier qu'il était en train de raccommoder et lorsqu'il l'avait bien grondé, alors, il l'envoyait promener, il le jetait et restait assis sur son tabouret à bouder ; puis, lorsqu'il s'était calmé, il se retournait lentement, il regardait le soulier, il lui demandait pardon, il le reprenait, le caressait et continuait à le recoudre, à passer le fil de chanvre dans les semelles et comme il avait les doigts malhabiles il poussait toujours des cris affreux et moi je me précipitais, pensant qu'il s'était enfoncé son couteau de cordonnier dans la poitrine mais c'était simplement parce que le fil ne voulait pas passer dans la semelle et que le soulier tout entier menaçait de faire comme un ressort remonté qui vous jaillit du gramophone, le soulier parvenait même à s'échapper comme une savonnette qui vous glisse des mains, à sauter jusque sur l'armoire, jusqu'au plafond comme mû par un petit moteur et lorsqu'il s'envolait de la main de l'oncle, l'oncle s'élançait pour rattraper ce soulier comme un gardien de but qui se couche sur le ballon...

Maintenant, l'oncle criait : « Bon sang ! Bon sang ! »

Francin posa le peigne de néon et recouvrit les instruments de la mallette d'une petite couverture de velours, regarda dans la direction des cris de l'oncle et dit :

« Dès cette première fois, ces flux fulgurants m'ont donné du courage. » Et il posa la mallette sur l'armoire puis je tirai sur le bouton et le rideau de la fenêtre se releva brusquement, le bouton de porcelaine me cogna légèrement les dents, au-delà du verger je voyais la malterie beige, un malteur, je ne sais lequel, une lampe ventrue à la main, montait les marches qui menaient au premier étage puis il disparut et la lampe apparut de nouveau un étage au-dessus, disparut encore pour reparaître et sans cesse, à chaque marche, la lampe montait, comme si elle déambulait toute seule dans la brasserie nocturne, une lampe montant toute seule l'escalier, puis la lampe disparut et reparut encore allant d'un hublot à l'autre le long du pont couvert qui relie la malterie à la salle de brassage. Mais qui donc errait là-bas au hasard, qui donc portait cette lampe simplement pour qu'elle eût l'air de monter toute seule dans la malterie et la brasserie. Et je me tenais à ma fenêtre comme un chasseur qui attend le cerf qui doit apparaître dans la clairière... et ce que je devinais me faisait trembler. À présent, cette lampe apparut tout en haut dans les étages où personne ne va jamais à l'heure qu'il est, là où se trouve une cuve grande comme une patinoire de hockey, la cuve refroidit toute la brassée de bière, de la bière jeune... et maintenant la lampe poursuit sa marche comme si elle savait que je la regarde, une lampe portée uniquement pour moi, les grandes fenêtres hautes de quatre mètres à l'étage sont couvertes de persiennes tout juste entrouvertes comme les volets en Italie ou en Espagne et cette lampe marche sans cesse, elle est interrompue par ces centaines de lamelles, le mouvement de la lampe allumée découpé en lanières, maintenant cette lampe s'est arrêtée, je vois la fenêtre avec les persiennes s'ouvrir et le porteur de lampe inconnu sortir sur le toit de la glacière qui abrite une montagne de glace haute de quatre étages, douze cents charretées de rivière gelée, un plafond de glace qu'un monte-charge à godets déverse charretée après charretée dans la glacière, glacière protégée de la chaleur par une couche d'un demi-mètre de sable et de galets de rivière sur laquelle, du printemps à l'automne, fleurissent des joubarbes, des centaines de milliers de joubarbes entre les coussins de mousse verte... et c'est là maintenant que brille la lampe ventrue apportée par l'un des ouvriers de la brasserie, un des malteurs sans doute... j'ouvris la fenêtre et j'entendis une agréable voix d'homme comme si cette lampe allumée s'était mise à chanter... Mon amour, ma vie, l'amour est déjà parti, d'amour y en avait guère, ma mie jolie, à présent tout est fini, à présent il n'y en a plus... dans l'étang de Nymburk il a disparu... Et dans le cagibi, j'entendis Francin qui criait : « Pour l'amour du ciel, Jo, arrête ça ! » Lentement, je sortis de la chambre, pour une fois je ne regardai même pas le courant électrique qui s'éteignait lentement comme cet amour noyé dans l'étang, Francin avait déjà allumé les lampes, débouchant dans le couloir je vis Francin assis sur un tabouret, les deux mains pressées contre la poitrine. Il suppliait l'oncle de tout laisser tomber et, puisqu'il était là, qu'il lise, qu'il aille à l'église, au cinéma, pourvu que la maison soit calme et tranquille... Francin voulut se lever, mais, je ne sais pourquoi, il n'y arriva pas, il fit une nouvelle tentative, mais on aurait dit qu'il faisait corps avec le tabouret, je mis ma main devant ma bouche de frayeur car je savais que Francin s'était assis dans le pot de poix de cordonnier, Jo était tout marri, il aurait tant voulu raccommoder tous les souliers de son frère, il en parlait sans arrêt car de tout ce qu'il avait jamais aimé au monde, c'était son frère qu'il aimait le plus, Francin voulut se lever de force, mais il ne put s'arracher au tabouret, il se pencha et tomba et le tabouret avec, moi, je me mis à genoux et j'essayai d'arracher Francin, mais la poix ou la colle de cordonnier avait collé Francin si solidement qu'il faisait penser à une statue renversée du Christ assis, l'oncle Jo tirait sur les épaules de Francin, moi, j'essayais de me coucher derrière lui et de tirer sur le tabouret dans l'autre sens, mais on aurait dit que nous allions le déchirer en deux, Jo son frère et moi mon mari, plutôt que de le sortir de là, je me relevai et mes cheveux soulevèrent quelque chose, je les ramenai sur mes genoux et je vis que mes cheveux s'étaient pris dans le deuxième pot de colle de cordonnier ou de poix, j'attrapai des ciseaux et je coupai le bout de mes cheveux avec le pot, elle faisait penser à une bulle sicilienne, cette boîte imbriquée dans les cordelettes de mes cheveux. Lorsqu'il vit ce qui était arrivé à mes cheveux, Francin se cabra comme un cheval et le merveilleux bruit d'étoffe qui se déchire remplit le cagibi et il se dégagea en roulant sur le côté et le voilà de nouveau debout, superbe, les yeux brillant d'une colère saine et sauvage, il prit les formes et les pots et les boîtes de fil de chanvre et l'oncle Jo, moi j'aurais cru que ce spectacle allait lui fendre le cœur, mais Jo tendait avec enthousiasme à son frère tout ce qui pouvait brûler et Francin, de plus en plus soulagé, jetait ces objets dans la cuisinière. La colle de cordonnier prit feu si brutalement que la flamme souleva les plaques et elle fut aspirée par les tuyaux jusque dans la cheminée, une flamme haute de près de deux mètres, longue comme mes cheveux.

VI

Derrière le germoir, c'était là que l'oncle Jo aimait se tenir, caché d'un côté par le verger, de l'autre par la cheminée près de laquelle étaient empilées des douves de chêne de toutes les tailles, des douves pour la tonnellerie qui fabriquait les tonneaux selon les besoins, des tonnelets, des quarts d'hectolitre, des demi-hectos et des hectos et aussi des tonneaux de deux hectolitres dits doubles et puis les grands tonneaux de cinquante et cent hectolitres destinés à recevoir des brassées entières, ces tonneaux dans lesquels on faisait mûrir la bière en bière ordinaire ou bien en lager. Là, l'oncle Jo, empêché qu'il était de faire le cordonnier, se trouvait un bâton, armé duquel il longeait le germoir en faisant l'exercice, des pas de parade ou des combats à la baïonnette. Pour qu'il crie moins, Francin me demandait de surveiller l'oncle.

« Je suis content de vous voir, belle-sœur, dit Jo, le Francin y est un peu patraque des nerfs, selon l'écrit de M. Batiste, il devrait se laver les parties à l'eau tiède ou prendre de l'exercice au bon air. Mais puisque vous êtes là, on va faire l'école ou encore l'instruction scolaire, parce que moi, j'avais rien que des bonnes notes, des *satisfecit,* pas comme l'autre abruti, un gars de la Hana [1], qui est sorti du rang pendant l'inspection et a dit au colonel von Wucherer : Mon bon maître, gardez vos opus et vos ganons, moi, j'm'en vas à la maison, j'serai pas soldat... et le colonel s'est tourné vers le sous-officier et il a hurlé : Qu'est-ce que c'est que cette peste-là ?

— C'est Jojo, dis-je.

— De la merde ! s'écria l'oncle Jo, moi, on me citait en exemple à tout le monde et comme ça vous croyez que le colonel Wucherer me connaissait ? Vous croyez qu'il aurait pu connaître des milliers de gars ? Un jour qu'il allait chez les demoiselles, deux soldats, des imbéciles, ont arrêté son équipage pour se faire emmener à la ville et alors ils ont vu que von Wucherer était vautré dans la voiture et ils l'ont salué et von Wucherer leur a dit gentiment : Et où est-ce que vous allez comme ça, les soldats ? Et eux : On s'en va en permission. Et von Wucherer dit : Celui qui part en permission, il doit avoir un papier, un *Urlaubsschein,* montrez-moi donc le vôtre. Et les soldats ont fouillé dans leurs poches et von Wucherer a dit à l'un des deux : Comment tu t'appelles ? et ce soldat a répondu : Šimsa ! Et puis il demande au

1. Hana, région de Moravie. Ses habitants ont la réputation d'avoir l'esprit un peu lent.

deuxième soldat : Et toi, comment t'appelles-tu ? Et c't autre y dit : Řimsa ! Et le soldat qui avait dit qu'il s'appelait Šimsa s'est enfui dans les champs et alors von Wucherer a commandé à Řimsa de lui ramener Šimsa immédiatement ! Sauf que ce Řimsa s'est sauvé avec le Šimsa et le colonel von Wucherer a fait faire demi-tour à son équipage et les étalons sont revenus au galop à la caserne et tout de suite il a demandé à quelle compagnie ils appartenaient, ce Šimsa et ce Řimsa. Et sur les registres il n'y avait ni Šimsa ni Řimsa, alors ce colonel von Wucherer qui disait qu'il avait une mémoire comme un appareil photographique a fait sonner le rassemblement dans la caserne et il allait d'un soldat à l'autre, il lui prenait le menton et le regardait dans le fond des yeux, comme pour lui donner la bise, il a fait ça pendant deux jours mais il n'a pas reconnu celui qui s'était présenté comme Řimsa ni celui qui se disait Šimsa, alors comment voulez-vous que c'colonel y se souvienne de Jojo ?

— Chut, dis-je, cet après-midi il y a réunion du conseil d'administration.

— C'est vrai, dit l'oncle à voix basse, mais alors maintenant je vais vous apprendre combien il y a de parties dans un fusil » et l'oncle prit le bâton avec lequel il faisait l'exercice, il le saisit avec précaution, en connaisseur comme si ç'avait été un vrai fusil de soldat et, une à une, il nomma toutes les parties et termina : « Alors ça, c'est le Kolbenschuh ou culasse et ici, c'est la Mündung ou embouchoir...

— Embouchure de l'Elbe, dis-je.

— De la merde ! Qu'est-ce que vous avez à jacasser comme une pie tombée du nid ? L'Elbe, c'est un fleuve mais ça c'est la Mündung ou bien embouchoir et si vous aviez dit ça au caporal Brčul, je vous promets qu'il vous en aurait collé une que vous auriez bondi comme un lapin ! »

Et, par-dessus le verger, me parvint le claquement furieux des fenêtres du bureau qu'on fermait et Francin, en chemise blanche, sortit en trombe de la comptabilité, je le vis qui courait dans l'herbe haute, qui évitait les branches des arbres, quel beau spectacle cet homme qui courait, sautant les obstacles, levant une jambe pour retomber dans l'herbe, l'autre au-dessus de l'herbe, presque à l'horizontale, l'ensemble de ce beau mouvement répété par une jambe puis par l'autre, ce glissement au-dessus des pointes des herbes. Lorsqu'il arriva à notre hauteur, je vis qu'il serrait dans sa main un porte-plume avec une plume à dessin numéro trois.

« Qu'est-ce que vous êtes encore en train de fabriquer, les uhlans ?

— On joue aux soldats, dis-je.

— Jouez à ce que vous voudrez, mais sans faire de bruit, la demoiselle de la comptabilité a renversé tout son encrier ! cria Francin à voix basse.

— Alors, où est-ce qu'il faut qu'on aille jouer ? demandai-je.

— Où vous voudrez, grimpez sur la cheminée si ça vous chante, pourvu qu'on ne vous entende pas... elle a renversé de l'encre sur tout le registre ! » s'écria Francin, les manches de sa chemise blanche étaient retenues aux coudes par des bracelets de caoutchouc, puis il fit demi-tour, il ne courait plus, il pataugeait dans l'herbe haute, je le regardais et il se retourna, je posai un petit baiser sur ma paume et je le lui envoyai d'un souffle comme une plume.

« Sur la cheminée ? s'étonna Jo.

— Sur la cheminée », dis-je.

Et Francin disparut derrière les branches, puis la chemise blanche entra dans le bureau.

« Bon alors : en avant marche ! » s'exclama l'oncle Jo et il mit le pied sur le premier barreau, puis il se ravisa, sauta à terre et dit : « Après vous. »

Et moi qui du jour où j'étais arrivée à la brasserie rêvais de trouver la force de monter sur la cheminée qui se dressait et s'élançait devant moi, je renversai la tête et attrapai le premier barreau, la perspective courait vers le sommet avec des barreaux de plus en plus petits, dans ce raccourci la cheminée, haute de soixante mètres, ressemblait à un gros canon braqué sur moi, ce qui m'attirait c'était un tricot vert qui flottait sur le paratonnerre, je ne sais qui l'y avait attaché et même par ma fenêtre ouverte j'entendais ce tricot vert faire un bruit comme lorsqu'on tape sur de la tôle ; alors, j'attrapai le premier barreau, puis je lâchai une main pour dénouer le ruban vert qui retenait mes cheveux, et rapidement, je mis une main après l'autre sur les barreaux, mes jambes comme si elles faisaient partie d'un attelage prirent le même rythme, à mi-hauteur je sentis le premier choc de l'air qui soufflait, mes cheveux se gonflèrent, me devancèrent presque, tout à coup, je me sentis tout entière dans mes cheveux dénoués qui m'entouraient comme une musique, plusieurs fois mes cheveux se posèrent sur un barreau, il fallait que je fasse attention et que je ralentisse le travail de mes pieds pour ne pas piétiner mes propres cheveux, ah, si Bod'a était là, lui il me tiendrait les cheveux, il se métamorphoserait en ange et dans son vol il veillerait à ce que mes cheveux ne se prennent pas dans les rayons et dans la chaîne, car monter sur la cheminée, c'était un peu comme rouler à bicyclette ; j'attendis un moment, le vent comme s'il s'était mis en tête de goûter à mes cheveux les souleva et les rabattit de sorte que j'avais l'impression d'être suspendue à mes cheveux noués à plusieurs barreaux au-dessus de moi, puis le vent s'arrêta soudain, les cheveux se défirent et lentement, comme si on avait détaché les aiguilles d'or de l'horloge de l'église, mes cheveux tombèrent, on aurait dit qu'un paon d'or avait fait la roue sur ma tête et repliait lentement ses plumes. Et moi, j'en profitai pour grimper rapidement, harmonisant le mouvement des pieds et celui des mains jusqu'au moment où je posai toute une main sur le bord de la cheminée, je soufflai un moment telle une championne de natation qui a terminé sa course dans la piscine, puis, comme sortant de l'eau, je me tirai des deux mains, je passai une jambe sur le rebord, je saisis le paratonnerre et tirai lentement ma seconde jambe comme prise dans un sirop, je tirai mes cheveux, je m'assis et les ramenai sur mes genoux. Et soudain, le vent se leva, les cheveux s'échappèrent de ma main et ces cheveux d'or flottèrent comme ils l'avaient fait l'an passé avant le premier jour du printemps, ces cheveux s'agitaient comme des algues dans un ruisseau rapide et peu profond, je me tenais au paratonnerre d'une main et je me prenais pour la déesse Diane avec son javelot, mes joues brûlaient d'exaltation et je me disais que si dans ce bourg je ne faisais jamais rien d'autre que de monter sur la cheminée, ce ne serait certes pas grand-chose, mais je pourrais en vivre de longues années, peut-être même jusqu'à la fin de mes jours. Et je me penchai et dans les profondeurs je vis l'oncle Jo tout petit, tout juste un angelot avec une tête et des mains, je m'étonnai car jusque-là j'avais cru que l'oncle Jo avait des cheveux épais et bouclés, mais à présent, je voyais monter vers moi une tête chauve garnie d'une maigre couronne de cheveux, maintenant cette tête se posa sur le rebord, tira de dessous elle l'autre main et s'agrippa, me regarda et son visage brillait aussi de bonheur. Il se hissa sur la cheminée et, comme à son insu, passa une main dans sa ceinture alors que de l'autre il s'abritait les yeux.

« Bon sang ma belle-sœur, dit-il d'un ton admiratif, ce serait une belle *Beobachtungstelle* ou poste d'observation.

— Ou point de vue, dis-je.

— Des clous ! Un point de vue, c'est pour les civils, mais un poste d'observation ou une *Beobachtungstelle* c'est pour l'armée, pour l'armée qui fait la guerre et qui observe l'ennemi. Ma belle-sœur, vous avez beau être une belle femme et puis intelligente, si le capitaine Tonser vous entendait dire ça, il vous donnerait un coup du plat de l'épée et il crierait : Je vais vous tailler le pissot en mille morceaux !

— Jo, dis-je en baignant mes pieds dans ce puits d'air.

— Mais bon sang pourquoi est-ce qu'il me taillerait le pissot en mille morceaux ? Moi, il m'avait à la bonne, je lui portais son épée ! » L'oncle Jo s'étouffait et se penchait sur moi avec un visage menaçant comme une gargouille de pierre sur le toit de l'église.

D'un geste, j'envoyai promener ce discours :

« Qu'est-ce que ça peut bien vous faire ? Regardez plutôt, oncle Jo, comme c'est beau ! »

Et je regardais le paysage étalé en une cuvette peu profonde bordée de collines et de bois, je regardais le bourg et je compris qu'on ne pouvait y accéder que par voie d'eau, que c'était en fait une ville insulaire ; en amont de la ville, la rivière qui l'entourait se divisait en deux et deux ruisseaux contournaient les remparts pour reformer une seule rivière en aval, en fait toute route de sortie de la ville a deux ponts, deux passerelles, alors qu'un pont de pierre blanche enjambe la rivière, des gens s'y tenaient, appuyés au parapet ils regardaient la cheminée de la brasserie, ils me regardaient moi et l'oncle Jo, mes cheveux qui claquaient au vent et dans le soleil mes cheveux brillaient et étincelaient comme l'étendard du pape, alors qu'en bas il n'y avait pas un souffle de vent. De l'autre côté de la rivière se dressait la cathédrale et à la hauteur de mon visage se trouvait le cadran d'or de l'horloge et autour de la cathédrale, en cercles serrés, s'étendaient les rues et les ruelles, les maisons et les bâtisses et à chaque fenêtre, comme des édredons les langues rouges des pétunias et des œillets et des bégonias, tout le bourg était bordé d'une dentelle de remparts et d'en haut ressemblait à une coupe de calcédoine. Et sur le pont blanc je vis arriver en trombe la voiture des pompiers, les casques des pompiers brillaient et le trompette embouchait sa trompette d'or et faisait sonner : Au feu ! et tous les pompiers portaient leur uniforme de grosse toile blanche, la voiture rouge franchit le pont en résonnant comme un orchestrion, les pompiers se tenaient aux barreaux, debout sur cet autel cliquetant et pompiériste qui disparut à présent derrière les maisons et les jardins.

« C'est vrai, oncle Jo, qu'au front vous faisiez paître les chèvres ?

— Qui a dit ça ? hurla l'oncle Jo et il s'assit sur le rebord, puis il s'étendit sur le dos, les mains à la nuque.

— Melichar, celui qui tient le tabac.

— Parce que vous croyez qu'un marchand de tabac invalide peut avoir fait la guerre ? hurla l'oncle.

— On raconte que pendant la guerre Melichar était capitaine, hier il paraît que le capitaine Melichar a dit prions Dieu qu'il n'y ait pas la guerre et que je ne me retrouve pas à devoir faire faire l'exercice à ce Jojo », dis-je en me tenant au paratonnerre et en regardant la brasserie en bas et de nouveau je m'étonnai qu'elle soit en dehors de la ville, tout entourée de murs comme ce bourg de l'autre côté, mais le long des murs il y a de grands arbres, des érables et des frênes qui forment eux aussi un carré et que la brasserie fasse penser à un couvent ou à une forteresse, à une prison, que tous les murs soient non seulement bordés de barbelés mais que chaque mur et chaque pilier soit garni de tessons de bouteille pris dans le ciment qui, d'en haut, brillaient comme des améthystes et des amarantes.

« Et comment il aurait pu me voir... même si j'avais fait paître ces chèvres ? dit l'oncle Jo, toujours étendu, regardant le ciel, une jambe croisée par-dessus son genou plié, en faisant ressort avec son pied en l'air.

— Avec ses jumelles.

— Parce que vous croyez que l'empereur va prêter des jumelles à une espèce de marchand de tabac ?

— En tant que capitaine, Melichar avait deux paires de jumelles », dis-je et je vis que sur le pont les gens étaient déjà massés comme des hirondelles avant le départ et quelqu'un sur le pont me regardait avec des jumelles. Je lançai un sourire dans ces jumelles et le vent se leva des profondeurs et mes cheveux s'ouvrirent comme un éventail de plumes d'autruche, je vis des flots de cheveux se refermer autour de mes yeux, tout autour de ma personne assise il y avait un halo comme celui de la Vierge Marie aux sept douleurs de la colonne de la peste sur la place...

« Et s'il y avait la guerre, alors qu'est-ce qui arriverait si Melichar me retrouvait sous ses ordres, hein ? demanda Jo et j'eus l'impression qu'il luttait contre l'envahissement de la fatigue.

— Il a dit que s'il y avait encore la guerre, alors quand vous seriez en train de faire l'exercice, il lèverait le petit doigt comme ça en appelant : Pepin, zu mir ! et que tu te précipiterais la langue pendante et que tu lui rendrais les honneurs en mettant un genou en terre devant lui », dis-je et lorsque je le regardai, je vis que l'oncle Jo dormait à poings fermés, couché sur le rebord de la cheminée qui se balançait, c'est seulement en voyant l'oncle Jo couché comme un gisant que je m'en aperçus : nous étions tous deux en train de nous balancer de façon perceptible, comme assis sur un balancier suspendu au ciel. Et les pompiers débouchaient en trombe devant le calvaire, d'en haut les chevaux avaient l'air de s'être emportés, ils accrochaient leurs pattes de derrière dans leurs queues et les pattes de devant avaient l'air de jaillir tout droit de leurs têtes ; comme lorsque les escargots sortent leurs cornes, tout cet attirail de pompiers étincelait tel un jouet d'enfant et menaçait à tout instant de se casser, la voiture allait se fracasser en mille morceaux comme cette voiture militaire dans laquelle des grenades avaient explosé dans la rue Truhlářská et au poste de commandement se tenait le commandant des pompiers, M. de Giorgi, membre du conseil d'administration de la brasserie sur la cheminée de laquelle j'étais assise, un maître fumiste qui était commandant des pompiers parce que son appartement était un vrai musée des pompiers : tout ce qui avait brûlé un jour quelque part, M. de Giorgi l'avait photographié, il se procurait aussi des photos d'avant l'incendie et ainsi, sur tous les murs de son logement, il y avait des paires de photographies, une vache avant l'incendie, une vache après l'incendie, un chien avant l'incendie et un chien après l'incendie, un adulte de sexe masculin avant l'incendie et après l'incendie, une grange avant l'incendie et après, tout cela M. de Giorgi l'avait photographié et j'aurais juré qu'il ne venait à la brasserie que pour le cas où je tomberais, pour photographier Mme la gérante avant la chute et après la chute... et alors cet orchestrion à sapeurs prit le tournant du portail de la brasserie, les roues grincèrent et la voiture disparut derrière le bureau, je crus un instant que les pompiers s'étaient renversés avec leurs chevaux, mais les voilà qui débouchent en fanfare, la trompette sonnait et la voiture vint s'immobiliser au pied de la cheminée. Je me disais que dans un moment ils allaient actionner les lances, que les jets d'eau allaient atteindre le sommet de la cheminée et que M. de Giorgi allait m'inviter à me placer au sommet de ce geyser — ensuite, ils allaient lentement fermer le robinet et je descendrais au fur et à mesure que retomberait le jet d'eau ; mais les pompiers se précipitèrent à bas de la voiture, s'agenouillèrent, levèrent leurs haches pour le salut et soudain ils étendirent une bâche, six pompiers la tendirent, renversèrent leurs têtes pour regarder en haut, mais le balancement de la cheminée était si fort que les pompiers avec leur bâche couraient de-ci de-là, selon le point probable de ma chute.

Et les membres du conseil d'administration se rassemblaient dans leurs cabriolets, d'habitude ils arrivaient au trot, mais aujourd'hui ces cabriolets arrivaient à fond de train sur les routes, venant des villages et de la ville, les chevaux lancés au grand galop et tous ces cabriolets ne s'arrêtaient pas comme à l'accoutumée devant le bureau, mais se rassemblaient tous dans la cour de la brasserie où se tenaient les tonneliers et les cavistes et les malteurs et tout ce monde, têtes renversées, regardait en haut comme si le ciel allait s'ouvrir pour le retour de Jésus ou la descente du Saint-Esprit. Et maintenant arrivait du calvaire le président de la brasserie en personne, le docteur Gruntorad, un féodal et un admirateur de l'ancien empire autrichien, comme toujours il occupait le siège du cocher et ses mains gantées de daim tenaient les rênes, son chapeau enfoncé sur les yeux avec une inimitable élégance, un fume-cigarette d'ambre entre les dents il fumait une cigarette et cravachait son étalon noir, alors que le cocher avec un sourire coupable se vautrait sur la banquette de velours comme un monsieur...

Et en bas, M. de Giorgi sommait en vain les pompiers de monter sur la cheminée, enfin M. de Giorgi décida de l'escalader lui-même. Et son uniforme blanc montait avec de fréquents arrêts, mais montait quand même le long des barreaux jusqu'au moment où son casque apparut à mes pieds.

« Oncle Jo ! » je secouai le pied de l'oncle et l'oncle s'assit en se frottant les yeux puis sursauta l'air terrifié et attrapa le paratonnerre. D'un rétablissement, M. de Giorgi atteignit le rebord, essoufflé, il enleva son casque et s'épongea le visage de son mouchoir.

« Au nom de la loi, chère madame, veuillez descendre. Ainsi que monsieur votre beau-frère.

— Monsieur de Giorgi, vous n'avez pas le vertige ?

— Je vous dis, au nom de la loi, descendez, répéta M. de Giorgi.

— La première, dites-moi, monsieur de Giorgi ?

— Non, dit M. de Giorgi en regardant dans les entrailles de la cheminée, à des fins d'entraînement, moi je descendrai par l'intérieur de la cheminée. »

Je me tenais au paratonnerre, je posai un pied sur un barreau, je me retournai, mes cheveux jaillirent en flammes, de nouveau ce courant d'air des profondeurs gonflait mes cheveux, pour la dernière fois ils s'ouvrirent comme s'ils l'avaient su, pour la dernière fois ma crinière d'or flamba au-dessus de la cheminée de la brasserie, une fois encore avec mes cheveux comme un énorme ostensoir d'or je bénis tous ceux qui me regardaient à cet instant et même M. de Giorgi fut ému.

« Nous sommes témoins d'un événement extraordinaire, chère madame, quel dommage que les dames ne puissent pas entrer chez les pompiers », dit-il et il prit sa trompette, une toute petite trompette qui ressemblait à une pince de conducteur de train et il souffla dedans, mais ce fut un son si mélancolique, comme le cri d'un chevreau aux pattes liées sur la voiture de l'abattoir, puis il me baisa la main et moi, je me mis à descendre, j'allais vite pour devancer mes cheveux car je risquais de marcher dessus, de m'empêtrer dedans et de tomber dans le vide. Et soudain je vis autour de moi les cimes des arbres, après c'était comme si je descendais dans les branches et sortant des branches je posai mon petit soulier sur la terre ferme.

« C'était magnifique, dit avec enthousiasme le docteur Gruntorad, mais vous mériteriez...

— Une bonne fessée, dis-je.

— Bon sang, mais qu'est-ce que vous faisiez là-haut ?

— Comme vous avez dit, c'était magnifique et parce que c'était magnifique, c'était aussi dangereux et puisque c'était dangereux, c'était ce que j'aime, ce qu'il me faut », dis-je et Francin se tenait là, pâle, la tête sur la poitrine, en redingote, manchettes blanches et col de caoutchouc, avec sa cravate en forme de feuille de chou.

Et les mécaniciens ouvrirent la grande trappe de la cheminée, faisant tomber la suie et cette grotte noire et brillante était grande comme une tonnelle. L'oncle Jo sauta du dernier barreau et dit :

« Le soldat autrichien vient de remporter une nouvelle et fameuse victoire, pas vrai ? »

Mais tout le monde avait les yeux fixés sur le réduit noir à la base de la cheminée.

« Dans quel régiment avez-vous servi ? À qui appartenait votre régiment ? demanda le docteur Gruntorad.

— Au Freiherr von Wucherer », dit l'oncle Jo et il salua.

« Repos ! » s'écria le docteur et il ajouta : « Monsieur le gérant, qu'est-ce qu'il sait faire votre frère ?

— Il est cordonnier de son métier et il a aussi travaillé trois ans dans une brasserie, dit Francin.

— Alors, monsieur le gérant, ordre d'embaucher M. votre frère, de l'installer dans les communs de la malterie. Rien de tel que le travail pour lui faire passer les hurlements », dit le docteur Gruntorad.

Et dans la grotte noire, on vit apparaître une jambe de pantalon blanche, presque au plafond de la tonnelle recouverte de suie, le pied cherchait un barreau, mais sans doute n'y avait-il pas de barreau, alors cette jambe faisait des moulinets dans l'air comme si M. de Giorgi avait été sur une bicyclette. Et l'adjoint du commandant des pompiers lança un ordre et les pompiers coururent avec leur bâche de secours dans la cheminée, l'étendirent et l'adjoint des pompiers cria dans les hauteurs emplies de suie : « Commandant, laissez-vous tomber ! On est ici ! Avec la bâche de sauvetage. »

Et M. de Giorgi lâcha le montant, d'abord des nuages de suie sortirent, se répandirent devant la cheminée, des taupinières de suie moelleuses et frisées. Puis on entendit tousser et les pompiers complètement noirs se précipitèrent dehors et dans leur bâche de sauvetage ils portaient quelque chose ; comme s'ils avaient pris un gros brochet ou un poisson-chat et ils posèrent la bâche à terre et, sortant de la suie et de la poussière, M. de Giorgi se dressa devant nous, totalement noir, il riait, des ridules blanches éclataient sur son visage noir, M. de Giorgi prit la trompette, la fit sonner et déclara : « Sur ce, nous considérons notre mission de sauvetage comme achevée. »

Et il sortit du tas de suie, tendant les deux mains et obligeant les autres à le féliciter, il se promenait là, joyeux et fier, raide comme une planche et moi je sus que de cette descente par l'intérieur de la cheminée, M. de Giorgi allait en vivre, non pas quelques années, mais tout le temps qui lui restait sur cette terre.

VII

Au coin de la malterie soufflait toujours un étrange courant d'air, un vent si fort qu'il m'obligeait à avancer comme pliée en deux, ou alors à tourner le dos et à me coucher dans le tourbillon comme dans un fauteuil à bascule. Ce tourbillonnement aspirait mes cheveux tel un fumeur qui avale goulûment la fumée de sa cigarette. Mais il suffisait de se propulser à travers ce canon d'air pour déboucher à la porte de la malterie dans un calme si plat que j'en tombais à genoux ou sur le dos. Et pourtant, je me faisais une fête de ce duel aérien où je livrais bataille pour mes serviettes. Un jour, le vent m'arracha un drap de bain en éponge, à peine eus-je tendu la main pour le saisir que le courant d'air taquin se déroba avec le drap, de nouveau, je tendis la main et le drap m'effleura presque les cheveux, mais le vent fit un bond avec ce grand drap et alla batifoler un peu plus loin ; lorsque le drap se gonfla de nouveau, je sautai pour le saisir, mais le tourbillon le souleva avec un long rire en cascade, ce drap de bain monta comme un cerf-volant dans le ciel d'automne, un zigzag blanc dansant et bougeant au rythme du vent pour disparaître dans le noir au-dessus de la malterie. Et pourtant, c'était beau de se laisser encore une fois prendre la bouche par le tourbillon, de se laisser parfumer par ce bain d'air comme par un bonbon à la menthe. Ensuite, lorsque ma main tâtonnante saisissait la poignée, de l'autre côté de la porte le courant d'air s'appuyait de tout son corps sur le battant et je devais à mon tour me coucher de tout mon long, mais ce plaisantin de courant d'air cédait brusquement et moi, je tombais à genoux dans le couloir sombre ; un jour, j'ai même bousculé un malteur, je l'ai fait tomber à la renverse, mais dans sa chute l'homme a si adroitement tenu sa lampe allumée qu'elle ne s'est pas brisée. Puis, un bras tendu en avant comme contre l'orage, je trouvais la poignée de la porte de la salle des machines, l'odeur de l'huile de chanvre se refermait sur moi comme un bain chaud, je tirais la porte, trouvais à tâtons la clé et m'enfermais. Puis, j'allumais une bougie, dans la pénombre friable l'énorme roue directrice dessinait comme un compas d'argent, les courroies de transmission brillaient et étincelaient d'huile. Les dynamos et les moteurs faisaient penser à de gros animaux africains, les burettes d'huile à des oiseaux picorant les insectes sur le dos des hippopotames. Je me dévêtais lentement, tout en ouvrant les robinets d'eau chaude qui coulait de l'énorme chaudière dans un grand tonneau tronqué. Je me déshabillais et j'écoutais le courant d'air siffler dans les étages de la malterie jusqu'en haut dans les combles où il faisait claquer les volets. Et j'entre dans cette grande baignoire de bois, l'eau est toujours si chaude qu'il faut ouvrir les robinets d'eau froide, je m'accroupis et la chaleur de l'eau me fait si mal que je claque des dents jusqu'au moment où l'eau froide se mélange à l'eau bouillante, je me couche lentement, je m'étire tout entière, je suis couchée dans ce tonneau tronqué comme une aiguille dans le boîtier d'un compas, je regarde au-dessus de moi l'assemblage de poutres où disparaît la chaudière blanche, je rêve, je commence à rêver, je fonds lentement dans l'eau chaude, je flotte dans l'eau chaude comme une paillette de savon, tous mes membres se détendent, je dénoue toutes les nappes et tous les draps dans lesquels mon passé est noué, j'ouvre tous les paniers, toutes les malles, toutes les armoires où se trouvent des images qui sont arrivées depuis longtemps, mais qui consentent à me rendre visite à tout instant, de belles images, mais incolores qui attendent ce bain chaud pour finir de se développer et affirmer leurs couleurs. C'est cela, mon cinéma, que je projette sur l'écran de mes yeux fermés, un film où moi, je joue le grand rôle, moi qui suis arrivée jusqu'en ce lieu, dans cette baignoire de bois où me voilà étendue... Je suis une toute petite fille aux nattes couleur de paille, je joue au milieu du sentier avec des cailloux, je suis assise en tailleur et je lance à nouveau quatre cailloux pour en prendre un et le jeter, prendre les trois cailloux restants et avoir encore le temps de rattraper le premier dans sa chute, un bruit de tonnerre qui approche, je tombe au moment où j'ai lancé ces trois galets, le ciel s'assombrit et au-dessus de moi planent des gueules et des pattes et des rênes épouvantables, des sabots m'enjambent avec leurs fers brillants, je ferme les yeux, de la boue desséchée se déverse sur moi, le tonnerre s'éloigne, je me relève et je vois une carriole brinquebalante tirée par des chevaux emportés, je vois le ciel bleu où apparaît la tête inquiète de mon père penché sur moi. Je suis une toute petite fille qui joue sur un sentier champêtre avec des cailloux, papa préférait m'emmener derrière la maison pour qu'il ne m'arrive rien, je vois deux soldats qui sortent en courant de la forêt, je les vois qui courent le long du sentier à travers le pré où je suis en train de jouer, ces soldats courent comme des chevaux emportés, je me couche sur le dos pour qu'ils ne m'écrasent pas, je vois ces soldats qui sautent, au-dessus de moi leurs semelles toutes cloutées, l'ombre tonitruante des soldats passe au-dessus de moi et le piétinement des souliers militaires s'éloigne en grondant sur le sentier à travers prés. Je m'assieds et je vois les soldats courir jusqu'au ruisseau, s'arrêter, là, en guise de passerelle un tronc d'arbre retenu par des chaînes, les soldats lèvent les bras comme lèvent leurs ailes les anges gardiens au-dessus de mon lit et ils franchissent le ruisseau et continuent à courir, dans le tournant je vois pour la dernière fois les clous brillants des semelles qui se lèvent et les voilà disparus dans la forêt. Il y a longtemps que les soldats ont disparu mais je continue à penser à eux. Maintenant, je me vois, je m'approche du ruisseau sur mes petites jambes, je pose un petit soulier sur la poutre, je vois l'eau qui court dans le ruisseau, je lève les bras et je cours sur cette poutre, mais au milieu elle se dérobe et je tombe dans le ruisseau, je pédale dans les profondeurs comme maman sur sa machine à coudre, mais je n'arrive pas à prendre appui sur le fond ; d'abord, j'ai bu de l'eau, mais ensuite il faut croire que j'en avais bu assez pour me noyer, et mes cheveux s'étaient dénoués et flottaient au fond du ruisseau et se confondaient avec les lentilles d'eau vertes et les fleurs aquatiques sans fleurs ; j'avais une terrible envie de dormir, j'étais incapable de fermer les yeux, tout était plein de lumière et au-dessus de moi je voyais le ciel comme à travers de grosses lunettes... et puis je me réveille, je constate que c'est beau d'être une noyée, c'est comme si j'étais à la maison, je suis au ciel dans un petit lit, exactement comme celui que nous avons à la maison, je vois que j'ai les mains sur un édredon imprimé de myosotis tout comme les édredons de maman et face à moi l'image de l'ange gardien tout comme chez nous ; puis maman est entrée et elle a dit : « Venez les enfants, entrez donc... » et je vois entrer dans la cuisine les petites filles du voisinage et maintenant je sais que je suis noyée, car les petites filles m'appellent Mařenka et moi je leur dis Hedvička et Evička et Boženka, eh bien, ces petites filles posent à côté de mes mains sur l'édredon des images pieuses, il y a tant d'images d'anges gardiens sur mon lit et Hedvička me dit : « Maman m'a dit que tu t'étais noyée... » et elle pose une nouvelle image pieuse et moi je dis : « Et pourquoi tu me donnes cette image ? » et Hedvička dit : « C'est ce qu'on met dans le cercueil des petites filles mortes... » et moi je pleure, je me dis que je suis morte pour de bon, mais alors maman arrive, elle apporte des petits gâteaux et lorsqu'elle voit toutes ces images pieuses, elle dit : « Mais, mes petites filles, Mařenka n'est pas morte, le docteur Michálek lui a fait sortir toute l'eau et avec son souffle, il lui a rendu la vie... » et les petites filles sont déçues, elles regrettent qu'il n'y ait pas d'enterrement, elles se voyaient déjà en robes blanches en mousseline à rideaux avec de grands cierges allumés dans leurs mains, des cierges décorés de myrte, des cuivres jouent une musique terriblement triste et les petites filles marchent en procession, les cheveux ondulés, elles pleurent parce que je me suis noyée... du coup, plus de procession, plus de pleurs, tout ça c'est la faute à deux mémères venues rincer leur linge et qui m'ont tirée du ruisseau et rapportée à la maison... cette fois, papa s'est mis dans un tel état, ah, papa il était capable de se fâcher comme personne d'autre, maman achetait quatre armoires par an, des vieilles armoires de chez le chiffonnier, et lorsque papa se mettait en colère, alors maman l'entraînait vite dans la gloriette et lui mettait une hache entre les mains et papa défonçait la paroi arrière de l'armoire et après il cognait et injuriait ce reste d'armoire, il lui arrachait de bon cœur les portes et ensuite, attaquant par le côté, il démolissait toute l'armoire comme une boîte d'allumettes et au bout d'une demi-heure, il avait débité l'armoire en petit bois, maman avait toujours des montagnes de bois pour allumer les feux et pour chauffer... et moi j'entendais papa qui criait et se fâchait parce que je m'étais noyée, que je n'étais pas une petite fille sage parce que les autres petites filles ne font pas des choses pareilles, alors j'ai pris peur, je me suis glissée hors du lit, je me suis habillée et j'ai couru dans la cour où stationnait une camionnette, j'ai réussi à grimper à l'arrière, près de la vitre il y avait une barrique, je me suis glissée dans la barrique et comme il y faisait chaud je me suis endormie et lorsque je me suis réveillée, j'ai entendu que la camionnette roulait et lorsque je me suis soulevée j'ai vu par la vitre que la nuit était déjà en train de tomber et que tout près de la vitre il y avait la casquette d'un monsieur et en regardant de côté, j'ai vu que c'était M. Brabec et j'ai sorti un bras et j'ai gratté M. Brabec derrière l'oreille et j'ai dit : « Monsieur Brabec, je suis là... » et M. Brabec a lâché le volant, a poussé un cri et la camionnette s'est arrêtée si brusquement que la barrique s'est renversée, cette barrique dans laquelle j'étais enfoncée jusqu'aux épaules et j'ai roulé sur le plancher et du plancher à terre sur la route et je me suis relevée, j'ai secoué la poussière de ma jupette et M. Brabec courait de-ci de-là en criant et en tapant des pieds et moi je lui ai dit : « Monsieur Brabec, c'est vraiment moi. » Mais M. Brabec gémissait et puis il s'est écroulé et lorsque les gendarmes sont arrivés ils ont mis une couverture sur M. Brabec et ça, ce n'était pas assez, un gendarme a dû se déshabiller presque entièrement et se coucher sur M. Brabec pour le réchauffer, ensuite au poste un gendarme m'a dit que j'avais failli causer la mort d'un homme et moi, j'ai pensé à papa et qu'il allait encore démolir une armoire et le gendarme a mis une fourrure par terre et puis il a pris une corde et m'a attaché une jambe au pied de la table et moi, j'étais couchée là et je pleurais, au-dessus de moi se balançaient des semelles pleines de clous, une jambe croisée par-dessus l'autre et puis je me suis endormie et papa est apparu au-dessus de moi, il était à genoux et appuyé sur les deux mains comme sur des pieds, on m'a détachée de la table et lorsqu'ils m'ont mise debout, les gendarmes ont tout rapporté, et alors papa a pris la corde et me l'a mise au cou et moi, j'ai fondu en larmes et j'ai crié : « Papa, je ne veux pas être pendue ! Je mettrai tant de temps à mourir accrochée à une branche... » — c'est qu'un jour le matou avait mangé le foie pour papa et papa, furieux, avait pendu le matou à une branche et le matou n'était mort que le lendemain... papa a pris la corde et m'a emmenée au train et lorsque nous sommes arrivés à la maison il me tenait par la corde comme un petit veau et il racontait à tout le monde que je n'étais pas une petite fille sage et qu'il devait me tenir en laisse comme un petit chien méchant... et à la maison maman, dès qu'elle a vu papa, elle lui a donné la hache et moi je me disais que papa allait me couper la tête comme on la coupe aux dindons et aux dindes, mais papa s'est jeté tout droit sur l'armoire et d'un coup il a abattu la paroi arrière et il l'a défoncée par le côté avec son épaule, puis il a démoli le restant de l'armoire qui s'est couchée à terre comme une caisse qu'on piétine... Savonnée, je suis tout entière couchée dans la mousse, je me frotte distraitement, je réfléchis et je me souviens d'images couchées dans les profondeurs du temps. Ces images reviennent sans cesse, s'illuminent et se complètent, je suis une petite fille de six ans, les cheveux dénoués, retenus seulement sur la nuque par des petits rubans bleus, ça fait déjà un an que papa n'a pas démoli une seule armoire par ma faute, c'est dimanche midi et je me promène sur la petite place, des rideaux flottent aux fenêtres ouvertes, on entend des bruits de fourchettes et d'assiettes, la brise transporte l'odeur du manger, hier papa m'a acheté une robe à col marin et un parapluie, je me tiens devant la fontaine, puis je me penche et je regarde le reflet de mes cheveux, au fond de l'eau brillent des pièces, chez nous, si vous jetez de la monnaie dans la fontaine, vos vœux seront exaucés, pour plus de sûreté je lance deux pièces de vingt heller dans la fontaine en priant de ne plus jamais me noyer, de ne plus me sauver de la maison, d'être enfin une petite fille sage, d'autant que papa m'a acheté une si belle robe et un parapluie. Je sautai sur la margelle pour mieux voir comme j'étais belle dans ma petite marinière, je regardai autour de moi, personne, personne aux fenêtres pour rapporter à papa, je sautai sur la margelle et lorsque je me penchai je vis cette belle jupe plissée et les petites chaussettes blanches et les souliers vernis, je secouai mes cheveux et, me regardant de nouveau dans l'eau, je perdis l'équilibre et tombai dans la fontaine dont l'eau m'avala comme un gros poisson qui en avale un petit, encore une fois la pointe de mon soulier verni cherchait le fond, mais la fontaine était plus profonde que je n'étais grande, encore une fois je sortis la tête pour inspirer, mais j'avais peur d'appeler au secours parce que papa allait se fâcher, j'avalais de l'eau et encore une fois j'étais enrobée d'un monde lumineux et doux, une abeille tombée dans le miel, j'observais la lenteur avec laquelle ma tête tombait au fond, près de mon œil la pièce de vingt heller que je venais de jeter dans la fontaine en faisant le vœu de ne plus jamais me noyer, ma jupette se gonflait superbement, mes cheveux se déversaient sur mon visage ; puis retombaient superbement avec cette même lenteur, ensuite j'eus envie de dormir et je me contentais de bouger les jambes lentement, bien plus lentement que lorsque maman pédale sur sa machine à coudre et à la fin je vis des bulles qui montaient de ma bouche, comme si j'étais une bouteille d'eau de Seltz ou d'eau minérale... mais encore une fois je ne me suis pas noyée, une seule dame m'a vue, Mme Krsenká qui était sur un fauteuil roulant depuis dix ans et qui avait des ulcères, c'est elle qui regarda par la fenêtre juste au moment où j'étais en train de tomber et le seul qui accourut fut M. Pokorný, le photographe, il sauta avec son couteau et sa fourchette et sa serviette autour du cou et me tira de l'eau, je me réveillai sur les marches de la fontaine, je crus qu'il pleuvait, je pris mon petit parapluie et je l'ouvris, mais le soleil de midi brillait, midi finissait tout juste de sonner, M. Pokorný se penchait sur moi, de l'eau gouttait de sa serviette sur laquelle glissaient quelques franges de choucroute, M. Pokorný me menaçait tantôt de sa fourchette, tantôt de son couteau, comme quoi, s'il retrouvait un déjeuner tout froid, il viendrait régler ses comptes avec moi, parce que les petites filles sages, lorsqu'elles ont envie de se noyer, elles le font plus tôt et pas juste à midi lorsque la première oie de la saison est sur la table ; je regardai autour de moi et à toutes les fenêtres se tenaient des citoyens en chemise et en veste, tous une fourchette dans une main et un couteau dans l'autre, et ils me regardaient tous avec des mines dégoûtées et en montrant qu'ils auraient voulu m'embrocher sur leurs fourchettes et me découper avec leurs couteaux, alors je me levai et tant d'eau sortit en trombe de ma bouche que je crus à une grosse averse, je m'inclinai, je ne voulais pas me moquer mais montrer qu'ils avaient raison et que je n'aurais pas dû faire ça en ce dimanche midi lorsque les premières jeunes oies sortaient toutes rôties du four... À présent, me voilà couchée dans la baignoire de la brasserie, dans ce tonneau de cent hectolitres, quelqu'un monte du germoir vers les communs où loge l'oncle Jo et de là m'arrive son épouvantable hurlement : *do ré mi fa sol la si do...* puis la gamme descendante : *do si la sol fa mi ré do,* pareille à l'eau qui s'écoule maintenant avec des traînées de mousse, quelqu'un monte du germoir vers les communs, c'est sans doute ce jeune malteur trempé de sueur avec un cercle sous un œil comme s'il était tombé sur des jumelles, un cercle découpé comme un tampon de la poste, sûrement c'est lui, maintenant il monte lentement, la chemise jetée sur son épaule et dans une main il porte une lampe ventrue comme un empereur qui porte le globe et dans l'autre, tel un sceptre, la pelle à retourner le malt, il monte, un temps d'arrêt sur le palier et sa douce chanson : ... l'amour est déjà parti... d'amour y en avait guère, ma mie jolie... tout est fini, il n'y en a plus... dans l'étang de Nymburk il a disparu... Je m'habillai à la hâte, serrai mes cheveux dans une serviette, éteignis la bougie d'un grand souffle et sortis dans le noir, une main tendue en avant jusqu'au tournant du couloir où coule un filet de lumière venant des profondeurs du germoir, soulignant de traits jaunes les bords des marches humides ; dans le germoir les battements doux et mélodieux des pelles à retourner résonnaient sur le sol mouillé, on entendait le grésillement rythmé de l'orge remuée... et de nouveau cette chanson comme une marée montante... l'amour est déjà parti... je restai un moment dans la pénombre, puis je descendis quelques marches, la chaleur de l'orge germée me frappa le visage comme une vague, deux lampes ventrues éclairaient les plates-bandes d'orge, des lampes à pétrole sur leurs trépieds de bois au milieu des champs d'orge, le jeune malteur à demi nu évoluait à petits pas, prenait des pelletées d'orge d'un côté et lançait ce malt de l'autre, laissant derrière lui un sillon comme si cette pelle de bois affairée eût été la proue d'un navire fendant les vagues et laissant l'eau lisse se refermer, à chaque pas ce beau jeune homme lançait une pelletée d'orge dorée et à chaque pelletée son dos brillait de plus en plus... l'amour, l'amour est déjà parti... cette voix d'homme continuait à remplir le germoir à la voûte basse, voûte reposant sur quatre allées de colonnes de fer noires... à présent, il se redressa comme Ječmínek, le roi de l'orge [1], le rond sous son œil brilla comme une monture de

1. Selon la légende morave, Ječmínek, fils d'une reine chassée par un méchant roi, naquit dans un champ d'orge. En Moravie, on attendait son retour comme l'annonce de temps meilleurs.

lunettes, son torse était tout entier gainé du mercure luisant de sa sueur... et moi, je continuais à entendre cette chanson, quelqu'un d'autre avait repris ce mélancolique refrain, quelqu'un qui travaillait quelques champs d'orge plus loin, là où une autre lampe à pétrole ventrue brillait sur son trépied... de toute la largeur de sa paume, le jeune malteur s'essuya le visage et rejeta sur le sol une pleine poignée de sueur... j'avançai, mes jambes étaient toutes molles, là-bas, plus loin, un petit homme retournait l'orge, il avait plutôt l'air d'un jockey à la retraite : en bleu de chauffe et coiffé d'un béret, il avait déjà fait un tas, à présent, avec sa pelle il repoussa l'orge sur les bords ; puis, de nouveau, ces petits pas rapides de malteur, c'était presque au pas de course que l'homme aérait le tas d'orge, alors que la pelle laissait derrière elle une margelle découpée avec précision. Lorsque ce petit malteur eut terminé ce travail, il se baissa et imprima dans un coin deux pelles entrecroisées en guise de signature, puis il se redressa et chanta d'une voix merveilleuse... d'amour y en avait guère, ma mie jolie... tout est fini, il n'y en a plus... C'était M. Jirout, ce petit malteur qui, lorsqu'il me croisait, me saluait d'un air coupable et qui souriait tout le temps ; Francin racontait que dans son jeune temps M. Jirout avait été artiste, on le tirait d'un canon dans les foires, au son des tambours on lui liait pieds et poings et dans son habit de satin bleu on le posait sur un affût de bois, puis l'impresario arrivait avec un boutefeu dont s'échappait une fumée bleue, dans un fracas assourdissant une flamme jaillissait de la bouche du canon, puis, les bras le long du corps, M. Jirout toujours vivant qui, atteignant le sommet de sa trajectoire, écartait les bras et tombait dans le trampoline qui l'attendait ; alors, il faisait la révérence et acceptait les applaudissements, cela à chaque foire, à chaque fête de saint patron. Un jour, on chargea M. Jirout dans son canon et lorsqu'on eut fait feu et que M. Jirout eut atteint le sommet de sa trajectoire il écarta les bras et, tombant lentement, la tête en bas, il vit qu'il avait déjà dépassé le trampoline ; ce coup dans l'affût avait été plus fort que les autres fois, mais, malgré tout, M. Jirout souriait, distribuait sourires, roses de papier multicolore et baisers, pour finir par se briser sur un tas de bois derrière les clôtures. Au bout d'un an, lorsqu'ils eurent rafistolé M. Jirout, il ne voulait plus lancer de baisers et de roses, il se retira de la vie d'artiste comme un billet de banque qui n'a plus cours et lorsqu'il fut parfaitement rétabli, il vint travailler à la brasserie, cela fait huit ans qu'il est malteur... l'amour, l'amour est parti, y en avait guère...

VIII

Voilà déjà trois semaines que l'oncle Jo travaillait à la brasserie ; les tonneliers l'avaient pris chez eux et, depuis, c'était la grande rigolade. Chaque fois que j'avais un moment, je prenais les seaux pour aller chercher du malt et je traversais la cour de la brasserie, le malteur en chef me lançait un regard interrogateur pour savoir s'il devait m'apporter une double chope de bière, je hochais la tête et alors que je remplissais mes seaux à la voiture, les tonneliers mangeaient leur casse-croûte de dix heures, l'oncle Jo était couché sur le dos, un tonnelet vide sur la poitrine, les tonneliers étaient pliés en deux de rire, ils postillonnaient des miettes de leurs tartines tandis que l'oncle Jo chantait : « *Do ré mi fa sol la si do !* »

L'aide-tonnelier était agenouillé au-dessus de l'oncle et : « Monsieur Joseph, maintenant chantez-nous encore la gamme à l'envers, comme lorsque Caruso et Mařáček travaillaient leur voix ! »

Et l'oncle Jo s'éclaircissait la gorge et glapissait affreusement : « *Do si la sol fa mi ré do...* »

Lorsque les ouvriers en avaient eu tout leur saoul des hurlements, l'aide-tonnelier disait : « Et maintenant, monsieur Joseph, chantez-nous le contre-ut. »

Et les tonneliers venaient se pencher au-dessus de l'oncle qui glapissait son contre-ut et ils hurlaient de rire, ils se couchaient sur le dos avec leurs tartines et puis ils se balançaient en avant et postillonnaient des miettes, s'appuyaient contre le mur et riaient aux éclats, riaient à s'en étouffer.

Et au milieu de la cour, M. Řepa, le vieux malteur, faisait griller du malt pour la bière brune, il était assis sur un tabouret et faisait tourner un tambour noir sur son axe, sous ce tambour le charbon de bois brûlait avec des flammes bleuâtres, roses et rouges et le vieux malteur grisonnant imprimait un mouvement majestueux et régulier à cette boule enrobée de suie, comme le dieu d'un mythe très ancien faisant tourner le globe.

Et l'aide-tonnelier se pencha sur l'oncle et dit : « Et maintenant, comme dernier exercice de respiration, monsieur Joseph, vous allez chanter le contre-ut, mais en le ravalant, mais attention, ne forcez pas trop dans votre caleçon sans quoi vous allez vous faire une fleur dans le froc ! »

Et l'oncle Jo prenait son souffle et les tonneliers se penchaient sur lui et l'oncle chantait ce contre-ut rentré, un ton tiraillé comme une grille qui grince, il chantait ce contre-ut de toutes ses forces, il arrivait à le tenir rentré pendant une longue minute jusqu'à l'épuisement : alors, il écartait les bras d'un geste brusque pour reprendre de l'air et le tonneau sur sa poitrine se soulevait, c'était comme à l'école de musique lorsqu'on fait coucher les élèves sur le tapis et que le professeur leur met des livres sur la poitrine.

Et moi, avec mes seaux remplis de malt, je passais devant la porte ouverte de la chaufferie, le demi-cercle du bas de la chaudière luisait dans la pénombre, le cendrier brillait de la couleur safran du charbon brûlant sur la grille, à travers le cendrier illuminé on voyait tomber des grésillons aux flammes rouges et violettes, des scories turquoise ; tout à côté de moi dans le noir, la chaudière ouverte brillait d'une lumière beige et un ouvrier, replié comme un enfant dans le ventre de sa mère, tapait dans cette posture enroulée pour enlever le tartre des parois, deux ampoules éclairaient violemment cet ouvrier recourbé en arc qui travaillait dans la poussière et qui trouvait encore le moyen de chanter alors qu'il était entouré de fils électriques comme d'un cordon ombilical. Toujours, du plein soleil de la cour, j'apercevais cet ovale brutalement éclairé et cet ouvrier avec son petit marteau faisant sauter un morceau de tartre après l'autre, je me disais que tous ceux qui passaient là devaient être saisis par ce tableau comme encadré dans une lunette, mais personne ne s'arrêtait, personne n'avait pitié de cet homme qui n'avait pas pitié de lui-même et qui, quinze jours durant, tel un pic-vert tout recroquevillé sur lui-même, faisait sauter le calcaire et avait encore le cœur à chanter.

Et les tonneliers avaient fini leur casse-croûte, le maître tonnelier se tenait comme un berger au milieu du troupeau, entouré de centaines de tonneaux, il se penchait sur l'un et le regardait d'un œil critique, puis il se redressait et des entrailles du tonneau retirait une bougie allumée fichée sur un fil de fer enroulé, et, de nouveau, il se penchait sur un autre tonneau et plongeait la bougie dans ses profondeurs, examinait d'un œil attentif ce tonneau : pouvait-on le remplir de bière ou fallait-il le goudronner, c'est-à-dire le poisser ? L'oncle Jo se tenait devant un grand poêle et y jetait de l'anthracite et du coke, il chauffait la poix, le poêle faisait déjà entendre un grondement sourd et le tuyau court et recourbé soufflait le feu, des flammes ourlées de bleu, des flammes ornées d'une couronne verte grésillante comme celle de la lampe à souder qui sert à dégeler les tuyaux et à brûler une vieille couche de peinture.

Les cochers chargeaient sur les voitures des tonneaux humides, ils déchargeaient des barriques emplies de glace. M. le malteur en chef me tendait une chopine de bière orange, une chopine pleine de bulles de vapeur retombée. Et je savais que M. le chef malteur ne m'aimait pas, qu'il m'aurait volontiers donné non pas une chopine mais cinq et plus encore ; il aurait voulu que je les vide les unes après les autres et que les ouvriers voient que M. le gérant a une femme portée à l'ivresse, mais moi, j'étais jeune et donc au-dessus de tout cela quoi que je fasse, je m'interrogeais moi-même et toujours je me disais oui de la tête et ce hochement de tête intérieur, cette directive du maître situé quelque part en moi-même, près de mon cœur, cet assentiment passait aussitôt dans mon sang, ma main se tendait et je buvais avec plaisir, un plaisir si vif que les cochers arrêtaient de charger les tonneaux pour me regarder. Je me tenais donc près de la rampe, pas loin des chevaux, on aurait dit que Ede et Kare communiquaient avec moi, leurs crinières et leurs queues touffues avaient elles aussi la couleur dorée de la bière. Et au milieu de la cour, le vieux Řepa retirait l'arbre à manivelle, regardait d'un œil expert le malt grillé dans son tambour, hochait la tête, tirait la poignée et actionnait le mécanisme qui écartait la boule noire du foyer ardent ; à l'aide d'un petit marteau, il dégagea avec précaution la fermeture, tourna la manivelle et le malt grillé, tout chaud, se déversa sur un tamis noir et son parfum fusa — sûr qu'en ville, sur la place, les piétons se retournent déjà du côté de la brasserie au centre de laquelle le vieux malteur pousse un grognement satisfait et remue le malt grillé avec un fourgon de bois noirci.

L'oncle Jo, lui, se tenait près du poêle à goudronner et me souriait, il portait un tablier de cuir, derrière lui le poêle tonnait et rougeoyait, on aurait cru qu'il allait se propulser dans les airs comme quelque fantastique fusée dans un roman de Jules Verne. Cette flamme qui pétillait derrière l'oncle Jo était si terriblement belle que je regardai autour de moi, mais personne ne s'étonnait du spectacle. Survint alors le maître tonnelier qui se mit à faire rouler les tonneaux sur une planche jusqu'aux pieds de l'oncle Jo et l'oncle Jo prenait chacun des tonneaux, le posait sur ses genoux, l'enfonçait sur le bec à injection, donnait un coup sec sur la pédale et la poix bouillante giclait dans le tonneau ; puis l'oncle Jo soulevait le tonneau, le laissait tomber en chute libre et il roulait lentement alors que la bonde laissait couler une fumée bleuâtre qui entourait le tonneau d'un ruban bleuté comme les phylactères qu'un rabbin attache à ses bras et lorsque le tonneau s'immobilisait en bas l'aide-tonnelier le prenait ou lui imprimait d'un coup de pied la direction voulue et le tonneau se posait sur les pales du carrousel qui tournait lentement, un tonneau après l'autre, et voilà tous les tonneaux en train de tourner entourés de cette fumée bleuâtre semblable au ressort qui flotte autour de la tête des saints hommes.

Je regardais et comme toujours devant un travail au feu, je me mis à avoir soif, ma langue se colla à mon palais, en fait de salive j'avais la bouche comme pleine de papier à cigarettes, je soulevai la chopine et j'eus une frayeur, la chopine faillit s'envoler de ma main, j'avais cru qu'elle serait lourde de bière, mais elle était toute légère parce que je l'avais déjà vidée, le malteur en chef s'accroupit, me prit la chopine et partit à la resserre en riant, je savais qu'il allait me tirer la bière d'un trait, remplir la chopine à ras bord, ou peut-être allait-il remplir cette chopine de fer-blanc de lager à mi-hauteur et compléter avec du grenat noir, cette bière coupée, ça provoque un ronronnement élogieux dans tout le corps, les hongres belges agitaient leurs queues claires comme l'orge et hennissaient, le cocher sortit de la resserre, il portait deux mesures de fer-blanc et en donna une à chacun des hongres, ils prirent cette mesure entre les dents, tirèrent sur les rênes et burent, levant très haut leur encolure pour que cette bière s'écoule dans leur gosier jusqu'à la dernière goutte et quand ils eurent fini de boire ils laissèrent tomber les mesures, firent entendre un hennissement de joie et grattèrent la terre avec leurs sabots ; leurs fers s'émiettaient en étincelles à peine visibles, le cocher rit et me fit un signe de tête, je lui rendis la pareille, les chevaux aussi firent des signes de tête, à présent le malteur en chef s'accroupit sur la rampe pour me tendre la chopine, je flairai l'écume et fis signe que c'était bon et l'oncle Jo se mit à chanter : « Ô mes beaux tilleuls, mes beaux tiiilleuls ! »

Et l'aide-tonnelier cria : « Monsieur Joseph, savez-vous que le jour où vous chanterez Přemysl au National [1] vous ferez un malheur ! »

1. Il s'agit du grand rôle de l'opéra *Libuše* de Smetana. À la suite d'une vision, la princesse Libuše envoie chercher Přemysl, le cultivateur, pour régner avec elle sur la Bohême.

Et l'oncle Jo hochait la tête, enfonçait les tonneaux sur le bec de poix bouillante, des larmes coulaient sur son tablier et l'aide-tonnelier continuait :

« Ça, je vous le garantis, pour la première représentation y aura tout un autocar qui ira à Prague, faut seulement continuer à étudier, maintenant au lieu d'un tonnelet, on va vous mettre un demi-hecto sur la poitrine.

— Un hectolitre si vous voulez, même un double, pourvu que j'arrive à égaler Caruso et Mářaček ! criait l'oncle Jo.

— C'est de la mère de bière », dis-je parlant déjà dans ma chope et ensuite je lapai, me retenant de déverser tout le contenu de la chopine dans mon gosier, lentement, à douces petites gorgées, je buvais ce lager clair coupé de grenat noir, cette mère de bière comme disaient les malteurs, je buvais lentement et tendrement, comme l'été, à la tombée de la nuit, quelque part derrière la brasserie, assis sur le talus entre les seigles quelqu'un joue langoureusement une chanson mélancolique sur son cornet, comme ça, pour son seul plaisir, les yeux fermés avec le frisson et le tremblement de l'instrument étincelant dans ses mains de laiton, la tête légèrement rejetée en arrière, lançant au hasard une chanson triste dans l'air du soir.

L'aide-tonnelier leva un bras au-dessus de sa tête : « Et, monsieur Joseph, savez-vous qui sera dans la loge ? M. votre frère et Mme votre belle-sœur, M. le maire Jandák, celui qui fait la tournée des bars pour inspecter les mollets des demoiselles, pour voir s'ils sont bien tournés et fermes comme l'exige le règlement, quel dommage que Mme votre mère et M. votre père n'aient pas vécu pour assister à ce triomphe ! Comme ils auraient été heureux ! »

Et l'oncle Jo fondit en larmes, essuya ses yeux dans son tablier et hocha la tête tandis que l'aide-tonnelier continuait impitoyablement : « Et ensuite, après la représentation, monsieur Joseph, les demoiselles vous lanceraient des fleurs et les journalistes voudraient savoir d'où vous vient, maître, ce talent. Et qu'est-ce que vous diriez, monsieur Joseph, hein ?

— Que c'est un don de Dieu ! » cria l'oncle Jo et il mit ses deux mains sur son visage et pleura ; les tonneaux tournaient sur le carrousel et la bonde de chaque tonneau continuait à déborder de cette douce salive qui, entraînée par la rotation, formait autour de chaque tonneau un cercle souple et bleuté, une roue violette, un collier de néon.

L'aide-tonnelier poursuivit d'un ton solennel : « Mais alors, il faudra dire aux journalistes que la technique vocale c'est le capitaine autrichien von Meldík qui vous l'a enseignée, celui qui de son jeune temps chantait à l'Opéra de Vienne, celui qui... »

L'aide-tonnelier ne put terminer car l'oncle leva les deux bras au ciel et hurla :

« De la merde ! L'empereur ne voudrait pas d'un marchand de cigarettes à l'Opéra ou alors dans les cabinets et même là, ce serait encore trop ! Attends voir, Meldík, quand je passerai devant ton débit de tabac, je te foutrai une baffe par le guichet ! »

L'aide-tonnelier fit tourner un tonneau, il le tenait, la fumée monta le long de sa poitrine et encadra son visage et il s'exclama : « Sauf que Meldík il a dit que quand tu te pointeras, il aura préparé du poivre et quand tu te pencheras vers le guichet, il te soufflera le poivre dans les yeux et ensuite, Meldík il a dit...

— Quoi ? Qu'est-ce qu'il a dit ? hurla l'oncle Jo.

— Ensuite, M. Meldík sortira de son tabac et il fera de toi ce qu'il voudra. Y dit qu'y te donnera des coups de pied qui t'enverront rouler jusqu'à la brasserie... s'enhardit l'aide-tonnelier.

— Quoi ? Moi, un soldat autrichien qu'ils ont voulu faire sous-officier et qui a refusé, moi qui portais l'épée du capitaine ? Il ferait beau voir ! Moi, quand j'irai au tabac, alors d'un coup je ferai tomber la baraque du pont, tout droit dans l'Elbe ! » cria l'oncle et il prit un tonneau, le souleva du genou et l'enfonça sur le bec, la bonde passa à côté du jet, l'oncle Jo appuya sur la pédale et moi, je posai ma chopine sur la rampe en m'essuyant la bouche ; au premier abord je crus que ce lager coupé de grenat m'avait donné des visions, l'aide-tonnelier et le maître, un mécanicien qui passait par là et le vieux Řepa qui tournait le tambour avec une nouvelle fournée de malt, tous, ils se mirent à danser, ils sautaient, ils se tenaient le visage, ils se tapaient sur les jambes, on aurait dit une danse de Moravie slovaque, mais le vieux Řepa ne pouvait pas lâcher la manivelle, tout en continuant à faire tourner le tambour tantôt il secouait sa main libre, tantôt il la portait au visage, alors que de l'autre il faisait tourner la boule noire, le tambour où grillait le malt, enfin il tira sur la manivelle et écarta le tambour de l'ardeur du charbon de bois assoiffé et il se mit à sautiller comme les tonneliers, il se tapait les mollets comme si mille moustiques l'avaient piqué.

L'aide-tonnelier criait : « Monsieur Joseph, arrêtez la poix ! »

Et l'oncle Jo poussait du pied, mais il était tout le temps à côté de la pédale, maintenant seulement il l'actionnait, maintenant seulement je voyais se faner les petites gouttelettes de poix que le bec gicleur avait projetées à la ronde et toutes ces fines branches d'ambre sur lesquelles s'étaient posées ces gouttelettes petites comme des grains de millet, comme du riz doré, comme des moucherons, toutes ces petites branches tombèrent d'un coup dans la poussière de la cour de la brasserie tandis que les tonneliers décollaient de leur visage, du dos de leurs mains et de leur cou les miettes de poix en train de sécher et regardaient avec fureur l'oncle Jo qui se tenait près de l'énorme poêle dont le tuyau coudé continuait à laisser échapper, grondantes et ronflantes, des flammes grasses et courtes.

L'oncle Jo tricotait de ses doigts brûlés et regardait par terre.

Le maître tonnelier dit : « Allez, les gars, au boulot, que M. Joseph ne soit pas en retard pour aller voir les filles. »

IX

Cette mode-là avait commencé à l'hôtel Na Knížecí. Les soldats avaient apporté je ne sais quels appareils, dès six heures du matin les directeurs des écoles avaient rassemblé la jeunesse scolaire et toutes les corporations en rangs serrés s'étaient jointes à la foule et au fil des heures la queue des curieux entrait dans la grande salle, les soldats plaçaient sur l'oreille de chaque habitant une sorte d'écouteur comme celui du téléphone et dans cet écouteur il y avait des crépitements et ensuite on entendait la fanfare qui jouait sans cesse *Kolíne, Kolíne* [1] mais cette musique n'était pas belle du tout, comme un disque de gramophone tout éraillé, pourtant cette musique c'était à Prague qu'on la jouait et elle passait dans l'air, sans fil, pour s'enfiler dans l'écouteur comme dans le chas d'une aiguille ici, dans notre ville. Et, quand ils l'avaient entendue, les gens repartaient par la porte arrière de

1. Kolín, ville de Bohême, sujet d'une chanson populaire connue de tous.

l'hôtel, tout ébaubis par cette écoute, par cette absence d'un fil qui leur aurait apporté *Koline* joué par la fanfare de Kmoch et ils passaient ensuite devant la queue des citoyens, queue qui s'étalait à travers toute la place débordant dans la grand-rue, jusqu'en bas à la boulangerie de M. Svoboda et les gens qui n'avaient pas encore entendu cette radio, voyant la mine étonnée et béate de ceux qui avaient déjà eu droit à cette invention révolutionnaire, sentaient tous monter une impatience joyeuse au fur et à mesure qu'ils avançaient dans le défilé pénétrant dans l'hôtel Na Knížecí.

M. Knížek, le mercier, grand faiseur de discours, commanda sur-le-champ à son apprenti d'apporter l'escabeau, monta dessus et expliqua aux citoyens : « Bonnes gens, ce que vous allez entendre dans un instant c'est une invention pour laquelle notre parti, le parti des artisans, se battra afin que d'ici un an ou deux cet appareil entre dans chaque foyer, dans chaque famille, à un prix aussi modique que possible, afin que chacun chez soi puisse écouter non seulement de la musique mais aussi des nouvelles. Je ne veux pas trop m'avancer, mais il se peut que grâce à cet appareil nous puissions entendre des nouvelles non seulement de Prague mais peut-être aussi de Brno, peut-être même de la musique de Pilsen et, si je manquais de modestie, je dirais même des nouvelles et de la musique de Vienne ! » criait M. Knížek juché sur son escabeau.

Et devant cet escabeau, perché sur sa voiture en compagnie de son commis, passa M. Zálaba, celui qui livrait du charbon et du bois dans la ville et lorsqu'il entendit M. Knížek, le commis dut poser le timon et M. Zálaba grimpa sur le haut du chargement et, montrant du doigt M. Knížek, il cria d'une voix de stentor : « Voyez-le, ce petit-bourgeois, cet épicier qui ne pense qu'à sa table de multiplication ! Citoyens, cette invention-là est à même d'instaurer la communication non seulement entre les villes mais aussi entre les peuples, nous saluons la radio comme aide de toute l'humanité ! Vive la compréhension entre les hommes de tous les continents, de toutes les races, de tous les peuples ! » criait M. Zálaba en lançant ses bras en l'air alors que le commis tenait le timon ; voyant un mégot sur le trottoir, le commis ne put résister et s'élança pour le ramasser, la charrette se renversa et M. Zálaba tomba sur les pavés, j'eus juste le temps de m'écarter.

Et moi je filai à la maison sur ma bicyclette dès que j'eus entendu dans l'écouteur ce raccourcissement de la distance entre la fanfare à Prague et mon oreille dans l'hôtel Na Knížecí, j'enlevai ma jupe, je la posai sur la table et à l'endroit où dans la jupe se trouvent les genoux, je coupai le tissu, il en resta tant que je me dis que ma couturière pourrait me tailler un boléro dans ce reste et je pris sur-le-champ une aiguille et je faufilai le bas de la jupe et je l'enfilai comme dans un accès de fièvre, j'entrai aussitôt dans le miroir et c'est là que je vis ! Ce raccourcissement de la distance me rajeunissait de dix ans, je me retournai et je sus immédiatement que les jarretelles devaient être placées bien plus haut et à présent je vis avec une totale certitude que c'est seulement ainsi que mes jambes sont belles, que ces belles ombres dans les tendons sous les genoux, ces marques brunes faites par le pouce de Dieu seront à même de provoquer une grande surprise et un grand enthousiasme ; mais aussi de scandaliser la population et surtout Francin qui, lorsqu'il me verra ainsi, rougira jusqu'à la racine des cheveux et déclarera qu'une femme convenable ne porte pas une jupe aussi courte. Et je me précipitai dans la cour, je sautai sur ma bicyclette et allai de la brasserie jusqu'au calvaire, un si agréable courant d'air me soufflait sur les genoux, tâtait mes jarretelles et je pédalais bien plus à l'aise dans ma jupe coupée, j'étais juste gênée d'avoir à tenir le guidon d'une main, l'autre devant sans cesse rabattre la jupe retroussée par le mouvement des genoux, de la route de Hořátvo je vis déboucher M. Kropáček sur sa moto marque Indian, comme toujours M. Kropáček était assis dans le side-car et conduisait sa moto d'un pied posé sur le guidon, moi, ça m'amusait de le voir démarrer de la brasserie, dès qu'il était en route il passait de la selle dans le side-car, il sortait une jambe comme sur le rebord d'une baignoire et c'est ainsi qu'il rentrait confortablement chez lui ; donc, M. Kropáček dans le tournant lorsqu'il vit mes genoux nus manqua le virage et alla donner dans les cerisiers en espaliers et moi, je me dis que c'était bon signe et je franchis le pont en trombe et ne ralentis que devant l'hôtel Na Knížecí, je roulai lentement le long de la queue qui attendait l'invention dont M. le directeur Kupka déclarait à présent : « Je ne sais, je ne sais, mais cet appareil ne fera pas le bonheur des gens... » Et tous les gens cessèrent en quelque sorte de penser avec plaisir à ce qui les attendait à l'hôtel Na Knížecí et portèrent leur intérêt sur mes genoux, sur cette jupe raccourcie, tous cessèrent d'avoir les yeux fixés sur l'entrée de l'hôtel pour se tourner vers moi, M. le directeur Kupka me montra de son parapluie et dit à M. le doyen : « Et voilà les premiers résultats ! » Mais M. le doyen s'inclina devant moi et dit : « Un genou de femme bien rond est l'autre nom du Saint-Esprit. » Et je m'arrêtai devant la pâtisserie, avant de poser mon petit pied sur le trottoir, je ramenai mes cheveux pour qu'ils ne se prissent pas dans les rayons, j'appuyai la bicyclette contre le mur et, marchant sur le trottoir, j'avais l'impression de me promener en maillot de bain.

Et à la pâtisserie je demandai à M. Navrátil de m'emballer quatre cornets à la crème et j'en pris un tout de suite et me penchai pour que les miettes de pâte feuilletée ne tombent pas sur mon joli corsage et, une fois de plus, en fourrant goulûment le cornet dans ma bouche, j'entendais la voix de Francin, comme quoi une femme convenable ne mange pas ainsi son cornet à la crème et M. Navrátil souriait avec précaution car il n'avait pas de dents et moi je me tenais près de la vitrine, que les commères voient donc ma silhouette se détachant dans la boutique sombre et M. Navrátil me tendit mon paquet ficelé d'un ruban bleu, je payai, M. Navrátil m'ouvrit la porte et avant que je démarre, il m'aida à relever mes cheveux, il courut quelques pas avec moi le temps que mes cheveux soient entraînés par le flot de l'air, je pédalais de toutes mes forces, je tenais le guidon d'une main et de l'autre le paquet gourmand pendu à un doigt et mes cheveux se soulevaient derrière moi comme ces superbes boules de laiton du régulateur d'une locomotive à vapeur au moment où elle passe à une vitesse supérieure, je faisais semblant d'avoir l'œil fixé sur le milieu de la chaussée, mais des deux côtés de la rue j'apercevais des yeux humains de toute espèce, des yeux admiratifs et des regards pleins de haine sur mes genoux nus soulevés par un mouvement alterné comme les articulations d'un arbre à cames.

Arrivée à la brasserie, je roulai jusqu'à la porcherie, Mucek, ce bon petit chien, courut à ma rencontre en agitant sa longue queue et lorsque je me penchai vers lui, il me lécha la main et ferma à moitié les yeux et moi, j'entrai dans le cagibi, je pris une hache et je défis le paquet ; d'abord, il refusa de me croire, mais comme je riais, il se mit à manger le cornet à la crème et moi, dans ma tête, je me demandais de combien il fallait raccourcir la queue de Mucek, je posai le billot derrière lui, lui pris la queue et la mis sur ce billot, mais Mucek se retourna, alors je lui fis des caresses et lui offris un deuxième cornet à la crème, moi je disposai la queue de Mucek sur le billot, puis, d'un seul coup, j'en tranchai la plus grande partie et Mucek s'étrangla, il avait déjà avalé la moitié du cornet mais il faut croire que cette douleur à la queue était trop forte, il se mit à hurler, à se contorsionner la gueule pleine de mousse sucrée pour attraper le moignon de queue ensanglanté et Mucek se disait que c'était quelqu'un d'autre qui lui avait fait ça, tantôt il léchait ma main, tantôt le reste de sa queue, moi je le caressais et je le consolais : « Mon petit Mucek, un petit instant encore, tu vas être tout beau, c'est la mode, il faut y passer, regarde un peu ! » Je me redressai pour lui montrer que moi aussi j'avais une jupe raccourcie, mais Mucek se mit à se plaindre terriblement et moi je vis que j'avais trop peu coupé la queue, qu'il fallait en ôter encore un bout, mais Mucek ne voulait plus entendre parler de ce raccourcissement, je tenais sa queue sur le billot, je lui promettais tous les cornets à la crème et même de lui en acheter encore d'autres, mais Mucek s'arracha de mes mains, prit dans sa petite gueule le bout de queue coupé et courut au bureau et, comme le cocher sortait, il se faufila dans le bureau de la comptabilité.

Au bout d'un moment, Francin sortit du bureau, dans une main il tenait une plume à dessin numéro trois et dans l'autre le bout de la queue et, sur la dernière marche, Mucek aboyait en direction de l'appentis et de la porcherie d'où je venais en poussant ma bicyclette et lorsque j'arrivai devant le bureau, M. le docteur Gruntorad entra dans la cour de la brasserie. L'étalon de M. le président avait déjà la queue taillée et la crinière effilée et M. le docteur sauta du siège, jeta les rênes au cocher, regarda attentivement ma jupe et dit : « Tout va raccourcir et on n'en voit pas le bout. Ainsi, monsieur le gérant, nous allons raccourcir les heures de travail, à partir du mois prochain nous raccourcissons le samedi de moitié ; donc on travaillera jusqu'à midi. Nous allons raccourcir les distances entre les auberges en livrant sur place. Nous vendrons votre motocyclette Orion et nous achèterons une auto qui raccourcira les temps et agrandira ainsi l'espace pour l'augmentation des ventes de bière. Ivan, s'écria le docteur Gruntorad en s'adressant au cocher, passez-moi la boîte à pharmacie, on va mettre des sparadraps à ce petit chien pour qu'il arrête de saigner. »

Cet après-midi-là, Francin prit l'Orion pour aller à Prague. J'en profitai et, après le travail, j'allai dans les communs rendre visite à l'oncle Jo. Sous l'ampoule allumée, l'oncle Jo levait la main sur un immense malteur qui se tenait à genoux et qui, dans cette position, était aussi grand que l'oncle Jo qui était debout, mais l'oncle avait l'air menaçant et criait : « Et si je n'arrivais pas à me retenir ! Et si je vous envoyais mon poing dans la figure à la mode d'Ostrava ! »

Et l'énorme malteur joignait les mains et implorait : « Monsieur Joseph, ne faites pas de ma femme une veuve, ne faites pas des orphelins de mes enfants ! »

Et les malteurs qui formaient un cercle autour des deux hommes étouffaient leurs rires, ceux qui n'y tenaient plus se précipitaient dans le couloir où ils se mettaient le front contre le mur et tapaient des poings en râlant de rire. Et lorsqu'ils avaient fini de s'étouffer, ils revenaient en courant dans les communs.

Et l'oncle Jo se tenait sous l'ampoule, les jambes écartées et criait : « Et maintenant, ça va cogner. »

Et il se jeta sur l'énorme malteur qui se laissa faire et l'oncle Jo lui fit un nelson, puis il essaya de mettre le malteur sur le dos, mais celui-ci se cabra, renversa l'oncle et se coucha sur lui et autour d'eux les hommes criaient et applaudissaient, mais l'oncle Jo prit le malteur à la gorge et le malteur se laissa lentement retourner et, au dernier moment, sur le point de toucher terre, il se mit à genoux, l'oncle lui fit un double nelson et le malteur se redressa et fit quelques pas dans la pièce en portant l'oncle comme un bébé, mais l'oncle Jo, enthousiaste, criait : « Et je remporterai une glorieuse victoire comme Firstensky ! »

Puis le malteur s'agenouilla et fit une galipette avec l'oncle, c'est alors seulement que je remarquai que les deux lutteurs étaient en caleçons blancs, des caleçons longs, serrés aux chevilles avec des lacets. Et, ayant fait la galipette, l'énorme malteur se coucha sur l'oncle Jo, il était couché sur sa tête, mais l'oncle criait : « Rendez-vous, c'est inutile, je vous tiens ! »

Mais l'énorme malteur se redressa, attrapa l'oncle Jo par les chevilles et le cou, le fit tourner et tomba avec lui, tandis que l'oncle hurlait : « Voyez comme je vous ai balancé, comme Firstensky lorsqu'il a battu le nègre ! »

Puis le malteur s'affaiblit et l'oncle Jo le prit par les épaules et le malteur se laissa aller au rire, il riait aux larmes et l'oncle le coucha sur les épaules et M. le malteur en chef s'agenouilla et déclara :

« Monsieur Joseph, c'est encore vous le vainqueur ! »

Et les lutteurs se levèrent, l'oncle Jo fit la révérence, sourit, salua les foules qu'il voyait autour de lui.

« Et demain, ce sera la revanche, dit le maître malteur en cachant son visage dans sa chope.

— Oncle Jo, dis-je, venez un moment chez nous et prenez une scie, d'accord ? »

Et l'oncle Jo soufflait, hochait la tête, puis il tira la couverture de son bat-flanc, tout son linge et ses habits étaient au pied du lit et puis, il repoussa le traversin tout gras à l'endroit de la tête et sous ce traversin il gardait toutes sortes de boîtes et de bobines de fil, tout un tas de petites bricoles inutiles, là, l'oncle trouva une clé, ouvrit l'armoire et en sortit un sac en papier sur lequel on pouvait lire : *Alois Sisler, chapelier et fourreur ;* de ce sac, il tira une belle casquette de marin toute blanche, ornée de galons d'or avec un emblème brodé en or *Viribus Unitis.*

« C'est papa Sisler qui me l'a faite, il ne l'aurait pas faite pour quelqu'un d'autre, rien que pour moi ! »

Voilà ce qu'il dit en mettant cette belle casquette et il se tenait là en caleçon, derrière lui le lit défait, ce tas de linge et de vêtements au pied et à la tête un tas de choses inutiles.

« Oncle Jo, dis-je, voilà un beau lit que vous avez là, je vais vous faire des taies, qu'en dites-vous ?

— Si vous voulez », dit l'oncle et il s'habilla à la hâte.

Et les malteurs restaient là, assis ou debout, les yeux fixés sur le plancher, ne trouvant rien à me dire, j'avais l'impression qu'ils regrettaient que je sois arrivée au milieu de leur rigolade avec l'oncle Jo, c'était leur jeu et je n'y avais pas ma place, entre moi et eux il y avait toute la distance entre les communs où ils dormaient à huit dans une seule pièce et les trois pièces cuisine où je dormais moi avec Francin, le gérant qui peut-être arrivera à passer directeur de la brasserie, alors qu'eux ne seront jamais que des malteurs, jusqu'à la retraite, jusqu'à la mort. L'oncle Jo referma l'armoire et il rayonnait de bonheur à cause de cette casquette, comme seuls en portent les capitaines de la marine ou leurs seconds.

« Bonsoir, messieurs », dis-je en sortant.

Avant que nous ayons réussi à franchir le tourbillon à l'angle de la malterie, les ampoules aux coins de la brasserie et de la porcherie se mirent à faiblir, comme si ce courant d'air avait chassé l'électricité. La casquette de l'oncle brillait comme le verre dépoli d'une lampe à pétrole et l'oncle était obligé de tenir cette casquette à deux mains pour qu'elle ne soit pas emportée par le tourbillonnement. J'aurais cru que l'oncle Jo était en train de s'envoler comme mon drap de bain en éponge l'autre jour... et moi, je savais fort bien que l'oncle Jo ne lâcherait sa casquette pour rien au monde, qu'il préférait s'envoler en zigzag dans le noir, être emporté vers les cheminées de la brasserie et les girouettes. Et lorsque j'eus allumé les lampes et que l'on eut apporté la scie empruntée au maître tonnelier, je renversai les chaises et l'oncle et moi nous mîmes à raccourcir les pieds des chaises, pas de beaucoup, mais de dix centimètres que je mesurais chaque fois avec mon mètre de couturière. Lorsque nous eûmes couché la table sur le côté, l'oncle Jo dit :

« Vous savez quoi, ma belle-sœur ? Pas la peine de tournicoter tout le temps avec votre mètre. On va couper un pied et après on posera le morceau coupé sur le pied suivant et comme ça on pourra couper sans mesurer. »

Je me mis à rire : « Oncle Jo, intelligent comme vous êtes, vous devriez rentrer dans la police ! »

Et l'oncle Jo cria : « Ne me parlez pas de la police ! L'oncle Adolf y est resté tout juste un mois, tout au début on l'a pris pour capturer un chenapan et ils ont encerclé sa maison et quand ils sont entrés dans la cuisine, ils ont seulement trouvé une bonne femme et le chef des détectives, il a dit : Et le vieux, où c'est qu'il est ? Et elle a dit qu'il était allé couper des souches et le chef a envoyé un coup de pied dans la porte de la chambre et par la fenêtre ouverte il a vu le chenapan qui montait la côte en courant et alors, il a crié : En avant ! Et Adolf a sauté par la fenêtre en premier, il s'est enfoncé jusqu'au cou dans la fosse à purin mais il s'en est sorti et, revolver au poing, ils se sont précipités dans la forêt et là, ils l'ont encerclé, le chenapan, et lui aussi avait un revolver, alors ils essayaient de le persuader de le jeter, ce revolver, et le chenapan, de son côté, il disait qu'un pas de plus et il allait se tirer une balle dans la tête et le chef a mis une heure à persuader le chenapan qu'il aurait des circonstances atténuantes, qu'il lui garantissait personnellement qu'il n'en prendrait que pour six mois et le chenapan a jeté son revolver et le chef lui a mis les fers en grande cérémonie et ils l'ont conduit à l'autobus et Adolf aussi a voulu monter, mais ils lui ont dit que non rapport à ce qu'il sortait de la fosse à purin, alors il est allé à pied jusqu'à la porte d'Ostrava et là, il s'est fait débarquer d'un tramway, alors il est allé à pied jusqu'à la maison et à la maison sa logeuse ne voulait pas lui laver ses affaires, alors il les a portées à la teinturerie et au bout de quinze jours lorsqu'il est allé chercher ses affaires, il y avait du monde dans la boutique et plein de petites jeunes filles de sa connaissance et lorsque ça a été le tour d'Adolf, alors la patronne a pris son ticket et lorsqu'elle est revenue elle était toute rouge et elle a jeté son paquet de vêtements à Adolf en criant : Quand on a fait dans son froc, on n'a qu'à laver sa merde tout seul ! Et il est rentré chez lui, tout honteux. »

Et l'oncle Jo débitait ses histoires et je souriais et nous coupions les pieds de la table selon la recette de l'oncle Jo, nous les raccourcissions de dix centimètres et l'oncle Jo disait : « Et comme Adolf, il n'était pas chanceux, un jour, il a passé à côté d'une auberge et là il y avait des dentistes qui s'étaient saoulés et ils ont invité Adolf et lorsqu'il a bu avec eux et qu'il était tout content parce qu'il se disait qu'il était de nouveau bien vu des gens, alors comme ça, à propos de rien, bourré comme pas un, un dentiste a arraché les dents de devant à un autre dentiste et comme l'Adolf était bourré aussi, alors celui à qui on avait arraché les dents de devant il s'est mis à arracher toutes les dents du fond à Adolf et encore Adolf a eu bien de la chance de ne pas être tombé sur les vétérinaires castreurs qui s'étaient saoulés ce même jour, dans cette même auberge...

— Ça a dû faire sacrément mal », dis-je en plaçant le bout scié contre le dernier pied de table et pendant que nous continuions allégrement à scier, l'oncle Jo racontait :

« Mais ensuite, ils ont pris Adolf à l'entraînement, bien loin du côté de Turčanský Svatý

Martin et là, vu que l'oncle Adolf avait son brevet de machiniste, ils lui ont donné un camion à vapeur et un imbécile de sergent a lu dans le journal militaire comme quoi à Cheb il fallait goudronner la route devant les casernes, alors il a donné à l'oncle Adolf un ordre de mission et des frais de route et avec son camion Adolf est parti à Cheb en suivant la carte ; c'était au printemps et Adolf a passé tout l'été à traverser la Slovaquie et à l'automne il a franchi les frontières de la Moravie et il roulait de plus en plus lentement parce qu'il allait chez lui le dimanche et comme il a passé tout l'automne à traverser la Moravie, alors il est allé en secret prendre des renseignements aux casernes de Turčanský Svatý Martin mais là il a appris que le sergent s'était pendu parce qu'on avait trouvé un canon sur la grand-place et personne ne savait comme il était arrivé là, alors on l'avait rangé au magasin et ça faisait donc un canon en trop, alors Adolf avec son camion à vapeur a traversé la Tchécoslovaquie, au printemps il était déjà rendu à Pilsen, mais comme il n'avait pas de charbon, il fallait qu'il chauffe avec du bois qu'il mendiait à droite et à gauche, mais il brûlait pas mal de clôtures, surtout quand les bois étaient trop loin ; ensuite, l'oncle Adolf avait pris un retard énorme car en fait il ne roulait qu'un jour par semaine avec son camion, comme il lui fallait trois jours pour rejoindre sa maison du côté d'Ostrava pour le dimanche et de nouveau trois jours pour retrouver son camion et alors c'est en été qu'il a rejoint la garnison à Cheb et là, on les a enfermés tous les deux, le camion à vapeur et Adolf et lorsque l'affaire s'est expliquée alors ils ont placé Adolf comme garde militaire au château de Košumberk et comme il ne pouvait aller nulle part, pour trouver le temps moins long, il est tombé amoureux de la fille du guide du château et ensuite, il s'est marié avec et il se tenait tout le temps là avec son fusil, il faisait le gardien, mais au bout de trois ans il s'est dit qu'on l'avait oublié, alors il a ôté son uniforme et mis le fusil dans un coin et il y est encore à présent à faire le guide... » sur quoi l'oncle Jo se redressa et le dernier bout de pied tomba à terre.

Je pris la lampe et allai la poser sur le buffet pour voir de quoi aurait l'air cette table raccourcie de dix centimètres. Et lorsque l'oncle et moi, nous eûmes redressé la table couchée sur le côté, je poussai un cri et je sentis comme un craquement dans mes yeux. Je m'en fus à la cuisine et ensuite, je me tins un moment sur le seuil, pardessus la couronne des arbres du verger je fixai la cheminée de la brasserie et je revins au bout d'un moment.

L'oncle Jo tricotait des doigts.

« Qu'est-ce qu'on peut faire ? On ne peut rien faire, oncle Jo, commandai-je, allez prendre les œuvres complètes de Beneš Třebízcký dans la bibliothèque, d'accord ? »

Et je redressai la table, cette table à laquelle l'oncle Jo et moi, dans la pénombre, nous avions enlevé quatre fois dix centimètres, mais ce morceau de dix centimètres nous l'avions tout le temps placé sur le même pied, ce qui fait que nous avions raccourci ce pied-là de quarante centimètres... et l'oncle Jo apporta les œuvres complètes et je les posai sous le pied manquant, mais ça ne suffisait pas encore, il fallut y ajouter le Parnasse de Smilovský.

De loin, nous vint un grand bruit de pétarades et de cliquetis, c'était Francin sur sa moto Orion qui sortait du bois près de Zvěřinko, ce bruit et ce fracas s'amplifiaient sans cesse comme si Francin poussait devant lui toutes les pièces de l'Orion. Je courus devant le bureau et j'ouvris le portail et Francin entra dans la cour de la brasserie, dans le side-car brinquebalait le petit tour à pédale que Francin emportait toujours quand il partait un peu loin ; à présent, la moto s'arrêtait juste devant notre porte et Francin remonta ses lunettes, enleva son casque de cuir et me fit signe de me dépêcher de rentrer dans la maison et déjà je savais qu'il m'avait apporté un cadeau. Je courus à la cuisine, Francin, trimballant je ne sais quoi, gagna la chambre en passant par le couloir du bureau, il resta un moment dans la chambre à bricoler, puis il entra dans la cuisine, il se frottait les mains et riait, il caressa l'épaule de l'oncle Jo et moi, je me jetai sur lui, selon notre habitude, pour fouiller toutes les poches de son manteau et de son pantalon, Francin riait et il était charmant, si bien que je me demandais avec inquiétude ce que ça pouvait cacher. Et ensuite, je dis : « Je crois bien que ce n'est pas une bague, ni des boucles d'oreilles, ni une montre, ni une broche, mais quelque chose de plus grand, n'est-ce pas ? » et Francin se déshabilla et se lava les mains en hochant la tête et quand il s'essuya les mains, je montrai la porte de la chambre et je demandai : « C'est là ? » Francin fit oui de la tête... il faisait exprès de se rhabiller lentement et il faisait exprès d'avoir besoin de nettoyer ses souliers, finalement je fis mine de me précipiter là-bas, je fis celle qui n'y tenait plus, Francin leva l'index, me demanda de fermer les yeux et me conduisit dans la chambre et me laissa plantée là un moment et puis j'entendis de la musique et ce merveilleux ténor se mit à chanter... Mon cœur te pleure, Hawaii mon île, blanche fleur... J'ouvris les yeux et Francin se tenait là, une lampe allumée à la main, éclairant un meuble gramophone, puis il posa la lampe et me demanda une danse, il me prit par la taille, son autre main serrait la mienne et Francin tendait l'oreille et maintenant, d'un long pas, il glissa dans... celui qui un soir t'a dit adieu, reviendra toujours sous tes cieux... Et Francin, cela m'étonnait parce qu'il était mauvais danseur, se fondit dans les pas du tango si bien que je me serrai contre lui, il poussa hardiment sa jambe entre les miennes, nous étions si imbriqués l'un dans l'autre que je me reculai pour mieux regarder Francin, puis je posai ma tête sur son épaule, mais il y eut une volte-face et Francin perdit le rythme, il attendit un moment et lorsqu'il voulut reprendre le tango à reculons, il recula bien comme il faut mais sans retrouver le rythme et il se troubla ; mais lorsqu'il eut démoli toute notre danse et attendu de nouveau les trois premiers pas, il rattrapa le rythme et glissa joliment sur le tapis, préférant ne pas se retourner, il ne voulait même pas passer à côté de moi, mais à pas longs, comme si ses souliers collaient dans du goudron, il dansait d'un bout de la chambre à l'autre, pour se retourner maladroitement et de nouveau évoluer au rythme du tango, mais il ne résista pas à l'envie d'essayer une nouvelle volte-face, il passa sous mon bras et regarda ses pieds sur le tapis, je voyais que les pas étaient justes mais qu'il manquait à Francin le principal : le rythme. Il tenta même ce qu'on appelle un renversement en arrière, je me dis soudain qu'à Prague il allait sûrement à un cours de danse, car même ce renversement, il le maîtrisait à la perfection. Il me fit ployer jusqu'à ce que mes cheveux touchent le tapis et lorsque de nouveau il me tira contre lui, c'était aussi tout à fait juste, sauf qu'il enfilait le fil de la danse à côté du chas de la musique... le beau ténor cessa de chanter et la musique se mourut tout doucement... et Francin cessa de sourire et s'effondra sur une chaise, il voyait bien qu'il n'était pas doué pour la danse, cette réalisation lui coupait le souffle, car aux derniers bals masqués j'avais dansé avec le jeune Klecka, le brasseur, celui qui jouait si joliment du violoncelle et qui avait fait quatre années de collège, un merveilleux danseur, nous faisions un si beau couple que les autres s'arrêtaient de danser et faisaient cercle autour de nous et nous dansions tels deux acrobates, tels deux essieux couplés, totalement fondus l'un dans l'autre alors que Francin restait assis tout seul derrière une colonne et fixait le plancher.

« Avec Mlle Vlasta à l'auberge Havrda, dit l'oncle Jo, nous dansions aussi comme ça, mais un peu autrement, plus vite, Vlasta me verse un Martel et puis elle me dit, alors monsieur Joseph, qu'est-ce que vous voulez que je vous joue ? Et moi, je lui dis : jouez-moi donc une polka, celle où on se tape sur les cuisses. Et Vlasta dit : mais laquelle ? Moi je dis : celle du compositeur Bunda, celle qu'on appelle la Gobelinka, me ferez-vous l'honneur ma belle-sœur ? Francin, tu nous mets ça un peu beaucoup plus vite ! Et regarde un peu comment on danse pour de bon ! »

L'oncle Jo me prit la main et la musique de jazz se mit à jouer à toute vitesse car Francin avait poussé le régulateur, ça faisait comme des femmes qui courent dans un film en accéléré. L'oncle Jo me fit la révérence, je lui rendis la pareille. Puis, il me toucha de son front, je fis de même, tout à coup l'oncle tournait au rythme de la musique et, en nous tenant toujours par la main, nous fîmes un tour et nous nous retrouvâmes dos à dos, et l'oncle leva la jambe, se tortilla, fit tourner son soulier et son mollet, puis il lança ses bras en l'air, se tapa dans les mains et se mit à faire des moulinets si vite qu'on aurait dit qu'il dévidait un écheveau de laine, puis il mit ses mains à la taille et fit des lancers de jambe à droite et à gauche et moi, je devais en faire autant mais en sens inverse pour qu'il ne me tape pas dans les chevilles, puis il se retourna et me prit par la taille et me lança au plafond jusqu'à ce que mes cheveux touchent le plâtre et au rythme de la musique l'oncle me portait de-ci de-là, il avait le nez enfoncé dans mon nombril, puis il me lâcha, me fit tourner, nos dos se touchaient et l'oncle m'enfila sur ses épaules comme une hotte et moi, je m'accrochai à ses bras et nous nous balancions l'un l'autre comme pour redresser des reins douloureux, puis l'oncle me lâcha, se mit à courir autour de moi dans un galop rythmé et commença à simuler des attaques comme un valet de cœur avec sa lance, moi, je l'imitais, c'était une danse exacte et imprévisible, mais toujours rythmée, comme si le mouvement remplissait la musique avec plus de précision que n'importe quelle autre danse, l'oncle fit un bond, puis retomba sur le tapis en faisant le grand écart, moi j'avais peur de me déchirer l'aine et je m'inclinais à droite et à gauche alors que l'oncle reniflait tantôt la pointe de son soulier gauche, puis celle du soulier droit, puis soudain comme catapulté au plafond il se leva et à la vitesse de l'éclair me fit passer sur son épaule pour me reposer les pieds par terre si bien que le talon de mon escarpin fit une raie sur le plafond, Francin me regardait en souriant, puis il alla à la cuisine et revint, dans une main il tenait une tasse de café au lait tiède, dans l'autre un bout de pain sec dans lequel il mordait et il nous regardait, mais le tango accéléré tirait sur sa fin, le ténor avait fini de chanter... celui qui un soir t'a dit adieu, reviendra toujours sous tes cieux, Hawaii, blanche fleur, je te garde au cœur... et lorsqu'il m'eut reconduite à ma place, l'oncle Jo me baisa la main et fit de grandes révérences de tous côtés comme s'il saluait le public d'une vaste salle et il envoya des baisers dans les coins de la chambre... En passant à côté de la table, je marchai sur le pied de table coupé et je me tordis la cheville.

« Frère, dit Francin, tu es une harmonie en friche. »

Et moi, je tombai avec un cri et je ne me relevai plus.

Cette nuit-là, Mucek devint fou. Dès le soir, le gardien dut l'enchaîner dans le cagibi ; là, Mucek se montra incapable de saisir le rapport entre les cornets à la crème et cette douleur dans la queue, il ne voulait plus devenir un beau petit chien à la dernière mode et se mit à hurler horriblement, à écumer de la bouche, l'écume de la folie mêlée à l'écume des cornets à la crème et sur le coup de minuit Francin chargea son browning et sortit dans la cour ; au bout d'un moment, j'entendis tirer, un coup après l'autre, je boitillai jusqu'à la fenêtre et à la lumière de la lampe de poche, je vis Mucek tirant sur la chaîne, faisant le beau et implorant de ses pattes levées, montrant qu'il était déjà d'accord avec cette queue raccourcie, qu'il était résigné à tout pourvu que son gentil petit maître ne tirât pas sur lui et Francin vida son chargeur et Mucek n'était toujours pas tombé, au contraire, il était plus touchant que jamais, il continuait à faire le beau et à gratter l'air de ses pattes de devant et moi je considérais tout cela comme un péché mortel que j'avais commis contre Mucek et, toujours en boitillant, j'allai sur le divan et je fondis en larmes et je me bouchai les oreilles pour ne pas entendre les coups de feu comme un reproche... et le tir cessa, sans doute Mucek était déjà mort, mais sûrement jusqu'au dernier moment il avait agité sa queue inexistante parce qu'il devait penser que c'était quelqu'un d'autre qui tirait sur lui, en tant qu'animal je crois qu'il ne pouvait comprendre comment moi et son maître avions pu lui faire aussi mal et Francin, revenant avec son browning, s'effondra dans le lit, tout habillé, et j'eus l'impression qu'il pleurait lui aussi.

X

Maintenant Francin me tenait telle qu'il me voulait, une femme convenable qui restait à la maison, une femme dont il savait où elle était, où elle serait demain, là où il souhaitait qu'elle restât à jamais, pas très malade, mais comme malade tout de même, une femme qui boitillait entre le poêle, la table et la chaise, mais surtout une femme-fardeau car pour Francin c'était cela, l'apogée de la vie conjugale, que je lui sois reconnaissante de me préparer le petit déjeuner le matin, d'aller chercher le déjeuner au restaurant à motocyclette à midi ; surtout, pouvoir me montrer combien il m'aimait, avec quelle joie il était capable de me soigner et que moi, en quelque sorte, j'aurais dû le soigner comme il me soignait, moi, ça, c'était le rêve de Francin que j'aie tous les ans des angines et des grippes, et de temps à autre aussi une pneumonie. Là, il était toujours fou de joie, jamais personne ne s'était occupé de quelqu'un comme le faisait Francin, c'était sa religion, le paradis sur terre lorsqu'il pouvait m'envelopper dans des draps trempés dans l'eau froide, courant autour de moi avec le drap, m'emmaillotant comme pour m'embaumer de mon vivant, ensuite il me prenait dans ses bras et me posait délicatement dans le lit comme les petites filles posent les poupées dans le leur. Toutes les heures, il abandonnait son bureau pour prendre ma température, toutes les deux heures il changeait mes compresses et je suis sûre qu'en son for intérieur il priait — non qu'il l'eût souhaité mais si le Sort en décidait ainsi — que je ne me relève plus, que je sois son petit bébé qui aurait besoin de lui comme il avait besoin de moi. Et dès que je fus convalescente, que je me remis à marcher, à rire aux éclats, Francin se replia de nouveau sur lui-même et de nouveau il rêvait que j'étais paralysée et qu'il me promenait dans un fauteuil roulant, le soir il me lisait la *Narodní Politika* ou alors un roman et c'est ainsi qu'il guérissait ce complexe que lui donnait ma sauvage santé amoureuse du hasard et de l'imprévu, des rencontres étranges, alors que Francin aimait l'ordre et la règle, la répétition lui montrait le droit chemin, tout ce que l'on pouvait prévoir et organiser, tout cela c'était la vie de Francin, le monde auquel il croyait et sans lequel il ne pouvait vivre.

Et maintenant, il me tenait là, au lit, avec ma cheville dans un plâtre brillant, immobile pour longtemps et s'il fallait que je remarche un jour, alors que ce soit avec des béquilles, puis avec une canne, cela à l'époque où Joséphine Baker danse le charleston.

Et peut-être ma cheville était-elle arrivée à point nommé, car tant que je courais Francin avait été incapable de fabriquer un seul slogan, il avait couvert tant de carrés de papier avec sa plume à dessin numéro trois et toutes ces réclames destinées à augmenter la vente de la bière avaient fini dans la cheminée. Mais à présent, alors que ma jambe blanche reposait sur un oreiller, Francin arpentait la cuisine et la chambre, buvait du café tiède accompagné de pain sec et soudain il s'arrêtait, la tasse à la main, tout rêveur, il semblait en proie à une vision qui le faisait loucher, il posait la tasse et le bout de pain, s'asseyait et de sa plume à dessin numéro trois il calligraphiait des inscriptions destinées aux auberges et lorsqu'il avait terminé, il prenait une punaise et fixait ce carré de papier au mur pour que je le voie, pour que je comprenne que si j'étais en bonne santé mais que je me comportais en malade, il ne tarderait pas à être nommé directeur de la brasserie, société anonyme, c'est mon mouvement paralysé qui lui donne tant de goût au travail et à la vie, une semaine durant, Francin, en quête d'inspiration, avala à coup sûr un demi-hectolitre de café tiède et couvrit tout le mur de slogans écrits à la plume à dessin et artistiquement présentés : « Plus de bière, moins de soucis et d'ennuis. — Buvez notre bonne petite bière pour raffermir votre santé chancelante. — Celui qui ne buvait pas était tout triste, un verre de bière, le voilà rose comme une jouvencelle. — Sans bière, je serais mort de mon vivant. — Votre santé ne va pas, la bière vous la rendra. — Plus de bière, plus de santé. — Santé, fraîcheur et force, vous trouverez tout cela dans la bière. — Celui qui dans notre auberge boit, vient au monde une seconde fois. — Notre bonne bière, la boisson pour tous. — Nous vivrons plus heureux, après une bière ou deux. — Celui qui ne met pas les pieds à l'auberge, qui ne boit ni ne mange, est un traître à sa propre santé. — À la maison ou en voyage, partout ne buvez que la bière pour vous rafraîchir. — Une petite bière au bon moment et vous repartez le cœur content. » Et Francin était si satisfait de son inspiration qu'il se versa une pleine tasse de café et mit le gramophone en marche... Au loin, au-delà des mers, un pays enchanteur, Hawaii... Et il essaya à pas glissés de danser le tango, il était si heureux à la pensée de je ne savais quel événement entreposé dans le proche avenir que le soir il s'enfermait dans sa chambre, il y passait sans cesse Hawaii, fleur blanche, il sortait tout le temps tenant à la main un manuel de danse moderne et lorsqu'il avait donné libre cours à sa joie, il retournait dans la chambre, le trou de la serrure luisait dans la pénombre comme ma jambe dans le plâtre et moi j'étais sûre que Francin avait dessiné les figures à la craie, ces pas, pas seulement les pas simples mais aussi les pas en arrière, les changements de figures, toute une piste de contours de ses semelles dessinée à la craie qu'il parcourait patiemment porté par le rythme et la mélodie de

Hawaii. Il était si content d'avoir déjà si bien appris ces pas que même dans la journée, lorsque je regardais par la fenêtre dans la cour et que Francin avait affaire à la brasserie, il ralentissait soudain sa course et avançait à pas de tango, faisait demi-tour et à reculons, les bras légèrement levés, il continuait à danser cette danse moderne, je voyais comme il regardait ses pieds, je voyais qu'il était tout perdu, que s'il avait pu il aurait dessiné ces pas sur la route à la craie... Mais il ne se décourageait pas, au contraire, le soir il essayait avec d'autant plus d'acharnement de trouver sur le tapis couvert de marques de craie une fissure lui permettant de se glisser dans le rythme du gramophone qui jouait Hawaii pour la centième fois. Tous les soirs, Francin démontait la batterie de sa motocyclette Orion, l'apportait dans la maison et branchait les courants à haute tension, dans la mallette tapissée de velours rouge les instruments de verre jetaient des lueurs mates et Francin m'envoyait des étincelles dans la cheville, elles pénétraient le plâtre en éclairs fulgurants, puis il m'enlevait un vêtement après l'autre, sans que je puisse me rendre compte que j'étais presque nue, les courants fulgurants me faisaient du bien, le rouleau de massage avec ses petites étincelles donnait de la vigueur à mes deux jambes et des forces aux nerfs du dos et Francin me chuchotait : « Le meilleur moyen, Mary, pour accroître ta beauté grâce aux courants fulgurants, de conserver la beauté que tu as... » Tous les soirs, j'attendais avec impatience ce massage violet qui sentait le tonnerre et le court-circuit, au-delà du verger, on entendait de nouveau cette belle voix d'homme, grâce à sa voix, M. Jirout, dans son petit costume de satin, se tirait lui-même du canon, à travers le mur, je le voyais voler au-dessus de la brasserie, les bras allongés, un sourire fissuré... cet amour, cet amour est déjà parti... y en avait guère... ma mie jolie... maintenant, M. Jirout s'incline vers le sol, il ouvre les bras et lance des roses et des baisers aux spectateurs tout en bas, Francin plaça une électrode de métal dans ma main et appuya sur un bouton noir pour brancher l'appareil, tel un hypnotiseur il passait sa main au-dessus de mon corps et là où passait la main de Francin des étincelles crépitantes jaillissaient de sa paume, il tombait une pluie de grains violets, des milliers de myosotis et de violettes le pénétraient tombant de la main de Francin et de l'appareil, l'odeur d'ozone et de la foudre qui avait frappé la maison flottait au-dessus de moi, seule la cheville trempée dans le plâtre brillait d'un reflet bleuâtre... il n'en reste plus rien... Dans l'étang de Nymburk il a disparu... et M. Jirout tombait sur le trampoline en treillis et faisait la révérence dans son petit habit d'atlas... je sentais que mon corps lui aussi dégageait l'odeur pénétrante de l'électricité, je respirais de plus en plus fort, une auréole enveloppait tout mon corps ; je me voyais dans le miroir, étendue là, le craquement et le crépitement violet sont mes seuls dessous, jamais je n'avais l'impression d'être nue, j'étais tout enveloppée d'un manteau de couleur, le col de caoutchouc de Francin et ses manchettes blanches brillaient comme ma jambe de plâtre, il soufflait comme moi, couchée sur le dos, masquant mes yeux de mon coude, cette cérémonie des hautes fréquences me donnait une sorte de nausée, avec Francin nous n'en parlions jamais, nous nous préparions en silence comme si tous deux nous recherchions quelque chose d'interdit et lorsque Francin tournait le bouton noir dans l'autre sens, nous regardions ailleurs tant ç'avait été beau. Si quelqu'un était entré brusquement dans la chambre et avait apporté une lampe, je suis sûre que Francin se serait évanoui, c'est pourquoi il préférait tourner la clé, tirer les persiennes et le rideau et, pour plus de sûreté, il sortait dans la cour et vérifiait les fenêtres pour s'assurer que personne ne pouvait regarder chez nous et voir ses doigts tremblants déboutonner mon corsage, faire doucement glisser ma jupe sur ma cheville plâtrée, le voir s'agenouiller devant moi et atteindre le cosmos grâce à ce massage de beauté.

XI

Aujourd'hui, le docteur Gruntorad est venu, il m'a demandé de lui faire du thé bien fort, car, a-t-il dit, il a pris froid la nuit chez ces femmes en couches, il a sorti des ciseaux de sa trousse et en coupant mon plâtre, il a éternué plusieurs fois, puis il s'est endormi au beau milieu de son travail, les ciseaux à la main ; il dormait si profondément que je n'ai pas pu résister, j'ai sorti sa montre en or de son gousset, j'ai regardé l'heure et puis sans bruit j'ai remis la montre à sa place, avec d'infinies précautions et tout excitée par la précision de mes gestes, une fois encore, cette tentative de vol, c'était moi tout crachée, au mur la pendule me donnait l'heure, mais moi, je voulais m'éprouver, voir si je ne m'étais pas laissé abattre, voir si j'étais encore capable de faire ce qui me venait en tête, eh oui, mon cas n'était pas encore désespéré, j'allais à la mercerie de M. Pollak acheter des boutons simplement parce que l'après-midi il n'y avait personne dans la boutique et comme M. Pollak se penchait derrière le comptoir pour prendre une boîte, j'étendais le bras à travers le comptoir et je prenais une montre pour enfant, une montre qui ne marchait pas et lorsque M. Pollak se redressait, je le regardais d'un air innocent et je pouvais lire dans ses yeux qu'il ignorait tout de mon vol ; je demandais encore d'autres boutons et lorsque M. Pollak se penchait, je remettais prestement la montre à sa place et quand le mercier se redressait j'étais souriante, je m'étais en quelque sorte grandie à mes propres yeux, comme si ce vol suivi aussitôt d'un repentir opérant m'avait requinquée, je poussais un soupir d'aise et sortant de la boutique, j'avais l'impression que m'avaient poussé des ailes si grandes qu'elles se frottaient au chambranle et que des plumes tombaient derrière moi et que M. Pollak à genoux les ramassait à la pelle... Et M. le docteur Gruntorad éternua, se réveilla et acheva de couper mon plâtre qui se brisa comme un étui blanc, ensuite le docteur tâta ma cheville et déclara : « Vous pouvez de nouveau faire la folle... », il éternua et je pris les béquilles et apportai une tasse de thé et lorsque je voulus poser ma jambe, elle se déroba sous moi et je dis : « On dirait que c'est pas du tout ma jambe ! » et M. le docteur Gruntorad dit : « C'est bien votre jambe, d'ici une semaine vous serez de nouveau vous-même — atchoum ! » et il éternua de tout cœur. « Monsieur le docteur, dis-je, j'ai comme du mal à respirer. — Enlevez votre corsage, s'il vous plaît », dit le docteur en buvant une gorgée de thé. Puis il posa son oreille sur mon dos, son oreille était froide comme toujours, j'aurais cru qu'il avait posé un cendrier de verre sur ma peau, plus il faisait chaud, plus cette oreille était froide ; il m'ausculta, me demanda de respirer profondément et puis son index me tapota le dos, son oreille effleurant légèrement ma peau comme celle des garçons qui essaient de capter les murmures d'un poteau télégraphique, je rejetai un flot de cheveux sur mon dos, M. le docteur s'endormit derechef, tout couvert de mes cheveux comme s'il s'était endormi sur un banc sous un saule pleureur, un jour j'étais passée tout exprès à côté de la villa du docteur Gruntorad, seulement pour voir s'il était vrai qu'un saule pleureur ombrageait toute la maison, je crois qu'il y a longtemps déjà, lorsqu'un certain colonel de Brandys venait à cheval rendre visite à sa femme, le docteur Gruntorad, encore jeune et certainement fort, était revenu inopinément à la maison une nuit, au rez-de-chaussée il avait arraché son fusil de son support, d'un coup de pied il avait ouvert la porte de la chambre à coucher de sa femme, il avait encore vu M. le colonel courir vers une fenêtre ouverte à l'étage, M. le docteur avait eu le temps de viser alors que le colonel prenait son élan sur le rebord de la fenêtre et qu'il plongea la tête la première avec un flop dans la nuit noire, puis tomba dans les buissons de lilas défleuris, le docteur Gruntorad avait eu le temps de déverser des plombs dans les bottes fuyantes du colonel et le reste de ses munitions dans les étoiles de la nuit bleue qui remplissait le cadre de la fenêtre... cette image me réveillait souvent, elle m'ôtait le sommeil, jamais je ne fus capable de me représenter ce magnifique événement et de le rattacher au docteur Gruntorad, je le rattachais toujours à quelqu'un d'autre, alors qu'une éclatante image se rattachait à M. le colonel qui, avec sa botte percée de coups de feu, était encore parvenu à enfourcher son cheval, à tirer de cette botte une baguette de saule, qui avait eu le temps de se pencher de son cheval jusqu'à terre et d'enfoncer la baguette dans le sol, baguette qui aujourd'hui est devenue un saule si énorme que les nuits de vent et d'orage il cogne contre les vitres de toute la maison comme un souvenir vivant. Et M. le docteur Gruntorad continuait à me tapoter le dos de son index, peut-être ne savait-il même pas qu'il s'était endormi, il tapait comme tapent les mineurs prisonniers d'un éboulement, puis il se retourna, but du thé et, pendant que je m'habillais, rédigea silencieusement une ordonnance, de nouveau son stylo en or s'arrêta, le docteur Gruntorad s'endormit pendant quelques secondes, pour se réveiller rafraîchi et terminer l'ordonnance du médicament pour ma poitrine. Je dis : « Monsieur le docteur, est-ce que mon mari vous a raconté ce qu'il m'a acheté de beau ? — Montrez ! » ordonna le docteur et il but du thé. J'ouvris la mallette posée sur la table. « Qu'est-ce que c'est que cette camelote ? Où est-ce qu'il est allé acheter ça ? » dit le docteur. Je répondis : « À

Prague, mais vous avez un rhume, ici, il y a ce bel appareil, c'est comme lorsque les pins bruissent sur les rochers... » Le docteur dit : « Et vous savez vous en servir ? — Docteur, c'est simple comme tout... regardez plutôt ! » Et j'enfonçai la fiche dans la prise, je tournai le bouton noir et je mis en place le tube avec la petite brosse pour les nerfs, de la sciure violette crépitait au bout des poils de la brosse et le docteur la faisait passer sur les articulations de sa main et souriait d'un air naïf : « C'est poétique, ça ne peut faire de mal à personne et venant de vous, ça me fait plaisir... » Je pris une électrode, l'inhalateur d'ozone avec son diffuseur et je dis : « Le mieux, monsieur le docteur, serait de vous coucher sur le divan... » Le docteur s'assit sur le divan, je tirai le rideau beige, la pénombre transparente et le petit buisson violet des impulsions électriques de cette électrode spéciale pour les nerfs éclairaient la calvitie du docteur qui s'étendit lentement. À présent, il était couché sur le dos, il tenait dans ses doigts cette baguette grésillante et crépitante alors que je préparais l'inhalateur d'ozone avec le diffuseur. Sur le petit tampon de coton de l'inhalateur d'ozone je versai quelques gouttes d'un mélange d'huile d'eucalyptus et d'huile de menthol, je vissai dans le tube le double filament de verre qu'on se met dans le nez, puis je repris au docteur la petite brosse pour les nerfs et branchai l'inhalateur à ozone avec le diffuseur sur la cathode, je tournai un bouton et le tube creux s'emplit de gaz néon qui passait par le coton imbibé d'huile d'eucalyptus, je m'agenouillai devant le divan et approchai doucement l'instrument des narines de M. le docteur. Je lui dis : « Cela, monsieur le docteur, vous guérira à coup sûr ; mon mari se fait toujours des inhalations avant d'attraper un rhume, c'est vraiment comme le bruissement des pins dans les rochers, vous sentez ce parfum d'ozone et de résine ? Et cet incendie de néon bleu qui se déchaîne, rien que cela suffit à vous guérir, votre couleur, c'est le bleu, elle calme tous les événements vitaux, elle tranquillise les nerfs, ralentit les flux... » disais-je en tenant d'une main ce bel appareil rempli d'huile pour inhalations alors que de la main droite je pressais lentement la poire qui propulsait l'air dans la chambre à ozone et l'huile de l'inhalateur... et tout ce que je disais, M. le docteur Gruntorad le répétait béatement, il souriait béatement et moi j'entendis le claquement de la porte à battants du bureau, puis la clé dans la porte et Francin entra, pâle, le visage bleui et il cria à voix basse : « Mais qu'est-ce que vous faites là ! » Et moi, j'eus peur et j'appuyai sur la poire en caoutchouc et le docteur ne répéta pas après moi : « Les pins bruissent dans les rochers... » il s'assit et poussa un cri, soudain son visage s'était rétréci, il avait brusquement rajeuni, il se leva d'un bond, lançant drôlement ses jambes en l'air, trouva la poignée de la porte et se précipita dehors, Francin derrière lui, les mains jointes : « Monsieur le président, pardonnez-moi ! » Mais le docteur lançait ses petites jambes et courait en direction de la malterie, il y entra et dévala les marches qui menaient au germoir, là il passa à travers plusieurs tas d'orge, les malteurs se tenaient là, sidérés, leurs pelles à la main, mais M. le président réussit à semer Francin qui s'agenouilla dans le malt humide et, gémissant toujours, il monta l'escalier du grenier, il passa à côté des tas de malt secs, mais c'était la douleur dans le nez qui le talonnait jusqu'au dernier étage, là il entra en trombe dans l'orge qui séchait à une température de soixante degrés, puis il revint sur ses pas, descendit d'un étage et, empruntant la passerelle, il entra dans la brasserie, fit plusieurs fois le tour de la cuve et grimpa rapidement les marches de la resserre, Francin toujours à ses trousses, de la resserre, le docteur courut jusque dans les étages où refroidissait la bière nouvelle, il ouvrit les persiennes et se précipita sur le toit de la glacière où fleurissaient les joubarbes, Francin s'agenouilla dans ces belles petites fleurs jaunes, mais le docteur Gruntorad gémit à nouveau, redescendit en courant les marches de la brasserie et passa par le portail dans la cour et de la cour il courut à la porcherie, les ouvriers saluaient : « Bonjour, monsieur le président ! Bonjour, monsieur le gérant ! » Mais le docteur, tricotant des gambettes, traversa le verger, puis enfin il revint par la porte ouverte dans notre cuisine et dans notre chambre et là il cria : « Où est-ce que vous avez acheté cette camelote ? Faites-moi voir ça ! » Et il examina attentivement l'inhalateur à ozone avec le vaporisateur et dit : « Sacrée bonne femme, où est-ce que vous avez pris cette huile ? Ces pins qui bruissent dans les rochers ? » Il chaussa son pince-nez, je lui tendis le flacon et M. le docteur, quand il eut lu l'étiquette, se mit à crier : « Espèce de sacrée bonne femme, vous avez oublié de diluer dans la proportion de un à dix ! C'est que vous m'avez brûlé les muqueuses... atchoum ! » éternua M. le docteur Gruntorad et lorsqu'il vit Francin qui s'agenouillait les bras en croix et qui suppliait : « Me pardonnerez-vous jamais ? » M. le président dit : « Levez-vous, mon brave, j'aimerais mieux être le gérant de la brasserie que son président... » Il consulta sa montre et me tendit la main, puis il me baisa le dos de la main et dit : « Mes hommages. » Et il sortit, je le vis apparaître dans le soleil de la cour, il laissait derrière lui l'odeur du carbol et du lysol et de l'eucalyptus, il sauta sur le siège avec une légèreté de grand seigneur, comme si tout ce qui s'était passé lui avait donné des forces et maintenant, je la voyais, cette scène ! Maintenant je croyais que c'était bien arrivé, comme on me l'avait raconté, cet événement dont il ne restait que le saule pleureur enveloppant toute la maison. M. le docteur s'assit sur le siège, le cocher lui tendit les rênes, M. le docteur alluma une cigarette dans son fume-cigarette d'ambre, prit son chapeau mou de feutre clair, le campa sur son front comme aucun autre homme ne savait le faire, il avait comme rajeuni avec ces rênes, on aurait dit qu'il arrivait tout droit de Vienne, dans son cabriolet, il se redressa et sortit de la brasserie tiré par son étalon à la queue et à la crinière taillées, alors que le cocher de M. le docteur se vautrait derrière sur la banquette de velours du cabriolet avec le sourire coupable d'un homme qui ne comprendra jamais pourquoi son maître roule sur le siège avec tant de plaisir et de volupté alors que lui, le cocher, est assis sur la banquette de velours et se sent coupable... Et Francin arpentait la chambre et se prenait la cervelle dans les mains.

XII

Je regardai ma montre, c'était l'heure où Bod'a Červinka termine son petit tour, sûr qu'il a trouvé des légumes à bon prix et que pour fêter son achat il s'arrête d'abord chez Svoboda sur la place pour se faire servir un petit verre de vermouth et cinquante grammes de salami hongrois ; ensuite, il passe au Grand Hôtel où il consomme toujours un petit goulache et trois Pilsen et ensuite, pour commencer à boucler sa petite tournée, il s'arrête à la droguerie Mikolášek et, conversant amicalement, il boit trois verres de cognac ; toutefois, il est possible que tout à la joie d'avoir gagné deux couronnes en achetant des légumes à bon prix, Bod'a fasse ce qu'il est convenu d'appeler la grande tournée, c'est-à-dire qu'il va encore faire un saut à l'hôtel Na Knížecí pour prendre un café noir avec du rhum garanti de la Jamaïque, puis un petit arrêt au comptoir spécial de la firme Louis Wantoch pour boire un doigt de griotte et mettre un joyeux point final à cet avantageux achat de choux-fleurs et de légumes pour la soupe.

Lorsque Francin, pas réconcilié pour un sou, s'en fut au bureau, je boitillai jusque dans l'entrée, je sortis mon vélo et je partis en ville, pédalant légèrement de ma jambe toute blanche et douloureuse ; mais à chaque tour de pédale, c'était comme si ma cheville se renforçait, j'appuyai le vélo contre le mur et en regardant dans le salon, je vis Bod'a qui sommeillait sur un fauteuil tournant, j'entrai et je m'assis sur une chaise libre. Aucun doute — Bod'a avait fait sa grande tournée car il embaumait les noyaux de cerises, aucun doute qu'il avait terminé son entreprise à la *Maison de la Griotte.* « Bod'a ! dis-je. — Qu'y a-t-il pour votre service, madame ? » Il se leva et eut une si grande frayeur qu'il saisit des ciseaux et se mit à les faire claquer du bec. « Je vous dis, Bod'a, que je voudrais me faire couper les cheveux. » Bod'a eut encore plus peur : « Vous avez dit... bégaya-t-il. — Je vous dis, Bod'a, je veux que vous me coupiez les cheveux, je veux les porter comme Joséphine Baker. » Bod'a soupesa mes cheveux en faisant de grands yeux. « Couper ce qui reste de l'ancien empire d'Autriche ? Faire cela, moi, Anna Czilagová, née à Karlovice en Moravie [1] ? » Jamais ! D'un geste méprisant, Bod'a jeta les ciseaux, s'assit, se croisa les bras et se mit à bouder. « Je vous le dis, monsieur Bod'a, M. le docteur Gruntorad a coupé la crinière et la queue de son

1. Il s'agit d'une célèbre réclame pour une lotion capillaire représentant une certaine Anna Czigalová à la chevelure abondante.

étalon et il m'a recommandé cette coiffure moderne à cause des pellicules. » Bod'a ne voulait rien entendre : « Couper ces cheveux, ce serait comme cracher sur la sainte hostie après la communion ! — Je vous le dis, Bod'a, je vous signerai une décharge... — À cette condition-là... » dit Bod'a et il apporta de quoi écrire et moi, j'écrivis sur une feuille, comme avant une opération, que c'était volontairement et en pleine conscience que j'avais chargé M. Bod'a Červinka de me couper les cheveux. Et Bod'a, lorsqu'il eut séché cette décharge en l'agitant, la serra soigneusement dans son portefeuille, déplia un peignoir, me l'attacha sous le menton, me renversa la tête et je sentis un courant d'air sur ma nuque. Bod'a posa mes cheveux sur le fauteuil tournant, puis il prit la tondeuse et ôta les vrilles et les papillotes, puis ses ciseaux se mirent à pépier, Bod'a reculait et regardait ma tête comme un sculpteur à l'œuvre et aussitôt ses ciseaux continuaient leur travail. Chaque fois que je voulais lever la tête pour me regarder subrepticement dans le miroir, il m'enfonçait le menton entre les clavicules et continuait à travailler, je voyais qu'il commençait à suer, son visage brillait et il sentait le rhum de la Jamaïque et la griotte et le cognac avec un déplaisant nuage d'odeur de bière, puis il savonna le blaireau, me surveillant toujours et chaque fois que j'essayais de me regarder, il me repoussait la tête, mais je voyais peu à peu la joie s'étalant sur son visage, un sourire enthousiaste, il était en passe de réussir quelque chose, puis il me savonna la nuque et me la rasa à la lame, puis mouilla mes cheveux et les coupa au rasoir et tout à coup je sentis une amertume dans ma bouche et mon cœur se mit à cogner, maintenant, lorsqu'il était déjà trop tard, les cheveux, on ne peut plus les rattacher sur la tête, je voyais Francin assis le soir dans le bureau en train d'écrire à la plume à dessin numéro trois des initiales dans les livres de la brasserie et autour de chaque initiale il faisait tourbillonner les vrilles et mes cheveux roux ondulant en forme de lyre, je voyais Bod'a couper les mains de Francin plongées dans mes cheveux, lui trancher le peigne de néon à la lueur violette, parce que plus jamais Francin ne pourra me peigner dans la chambre obscure et jouir de ces cheveux dont il était tombé amoureux encore du temps de l'empire autrichien et pour l'amour desquels il m'avait épousée... Je fermai les yeux, j'appuyai mon menton sur ma poitrine et restai là un moment à ravaler mes larmes, Bod'a me toucha deux fois mais je n'avais pas la force de lever les yeux vers la glace, Bod'a me prit délicatement la bouche et leva mon menton, puis il recula, il avait tant de tact qu'il se détourna... là dans le miroir sur le fauteuil tournant, enfoui jusqu'au cou dans un drap blanc, je vis un beau jeune homme mais à l'expression si insolente que j'en levai la main contre moi-même. Bod'a m'enleva le peignoir, je me dressai, je m'appuyai sur la tablette de marbre et je me regardai et j'étais stupéfaite car avec ses ciseaux Bod'a avait découpé mon âme, cette coiffure à la Joséphine Baker c'était moi, c'était mon portrait, là ma coiffure devait frapper tout le monde au visage comme un timon. Et il y avait longtemps que Bod'a avait chassé du peignoir sa moisson de cheveux brisés et, charitablement, il me laissait le temps de faire la paix, de m'habituer à moi-même. Je m'assis, je ne me quittai pas du regard. Bod'a prit un miroir rond et le leva dans mon dos. Dans le miroir devant moi, je voyais dans cette glace ovale ma nuque, un cou d'adolescent grâce auquel je rajeunissais et me retrouvais jeune fille sans pourtant cesser d'être une femme encore capable de s'induire elle-même en tentation avec cette nuque découpée en forme de cœur. En fait, cette nouvelle coiffure faisait penser à un casque, à un bonnet de cheveux comme celui qu'avait porté Méphistophélès le jour où une troupe venue de Martin avait joué *Faust* dans notre théâtre ; j'avais l'impression de pouvoir retirer ma coiffure exactement comme tout à l'heure le docteur Gruntorad avait enlevé le plâtre de ma cheville... Et je me levai d'un bond, mais comme j'avais été habituée à ces cheveux qui me tiraient la tête en arrière, je faillis basculer en avant et briser le miroir de Bod'a avec mon front. Je payai et promis à Bod'a qu'un panier de bière l'attendait chez moi et Bod'a riait et se frottait les mains, oui, même Bod'a se sentait tout ragaillardi par cet acte de coiffure. « Bod'a, dis-je, vous avez trouvé ça tout seul ? »

Et Bod'a feuilletait les magazines de coiffeurs et me montra la série de coiffures modernes, de la frange de Ly de Putti jusqu'à la coiffure à la garçonne de Joséphine Baker... Je sortis et autour de ma tête sentis souffler un tourbillon bien que la journée fût presque parfaitement calme. Je sautai sur mon vélo et Bod'a courut derrière moi, dans un sac en papier il m'apportait mes cheveux coupés, il me les mit dans la main, ces cheveux devaient bien peser deux kilos, comme si j'avais acheté deux kilos d'anguilles. Je dis : « Bod'a, mettez-les-moi derrière, sur le porte-bagages, d'accord ? » Et Bod'a souleva le ressort du porte-bagages et il posa les flots de cheveux et lorsqu'il refit tomber le ressort sur les cheveux, je me pris la tête... et ensuite, je roulai le long de la grand-rue, je regardai les piétons, je vis le maître fumiste de Giorgi mais il ne me reconnut pas, je m'en fus à la gare, je regardai les départs des trains, mais personne ne me remarqua, les gens me prenaient pour quelqu'un de tout autre, même si le vélo et mon corps étaient les mêmes qu'avant ce sacrifice des cheveux, je remontai à vélo et revins par la grand-rue, devant la boulangerie de M. Svoboda, je vis le cabriolet du docteur Gruntorad, ce n'est que l'après-midi que le docteur venait prendre sa grande tasse de café au lait et le panier de petits pains qui l'attendaient là tous les matins au retour de ses paysannes en couches et de ses coliques biliaires, le docteur sortit, le cocher sauta du siège où il avait somnolé en tenant les rênes de l'étalon, M. le docteur Gruntorad me regarda, je m'inclinai en souriant, le docteur n'hésita qu'un instant, puis fit non de la tête et s'assit sur le siège et partit, alors que son cocher se vautrait sur la banquette de velours ; je traversai la place et passai à côté de la colonne de la peste, tout le monde me regardait comme si c'était la première fois qu'on me voyait dans le bourg... sur le corso, devant la maison Katz, magasin de tissus et de mercerie, un bouledogue dormait près d'un groupe de femmes vêtues de noir, en jupes jusqu'à terre, la présidente de la société d'embellissement faisait sans doute visiter la ville à un compositeur de musique, il portait un grand chapeau noir comme un social-démocrate. Un jour, moi aussi, j'avais marché avec la société d'embellissement en jupes soulevant la poussière du trottoir, dans la cathédrale de Saint-Jilja nous nous étions tenues près du portail latéral fermé et nous avions regardé les dalles où il n'y avait plus rien, seul le souvenir d'une croûte de sang séché qui se trouvait encore là il y a cent ans, le souvenir de ce massacre lorsque les Suédois et les Saxons avaient tué tous les bourgeois qui s'étaient réfugiés dans l'église, puis nous avions visité la seule porte vraiment belle et de valeur historique des fortifications, mais nous n'avions pas regardé la porte, mais nous avions fixé nos regards attentifs sous les arches du pont de pierre où, en l'an 1913, le dompteur du cirque Kludský avait baigné ses éléphants, aujourd'hui encore, ils se vautrent dans ces eaux de l'Elbe, avec leurs trompes comme des tuyaux d'arrosage ils s'envoient de l'eau sur le dos, exactement comme sur cette photographie du musée municipal, car Mme Krásenská, la présidente de la société d'embellissement, par la grâce de son imagination ressuscitatrice, ne voit dans notre bourg que ce qui n'y est plus visible. Maintenant, à la suite du visiteur de marque, les membres de la société passaient sous les arcades devant l'auberge U Havrdu et regardaient avec émotion le trottoir de ciment où Frédéric le Grand s'était un jour reposé. Et, pour lui montrer ce que notre bourg avait de plus précieux, Mme Krásenská, la présidente de la société d'embellissement, prit le compositeur de musique par le bras et l'entraîna au milieu de la place où deux retraités assis sur un banc appuyaient leurs mentons sur leurs cannes alors que Mme la présidente évoquait et décrivait avec précision la fontaine Renaissance qui se trouvait là jusqu'en l'an 1840 et qui fut ensuite démolie, mais on se tromperait lourdement en pensant comme les deux retraités que la société d'embellissement les regardait, eux, loin de là ! Certes, la présidente les montrait du doigt, son index passait devant le visage des retraités, mais elle voyait ce qu'elle était en train de décrire, ces belles décorations, ces guirlandes de grès, et le bas-relief des deux petits anges qui ornaient cette fontaine et qui restaient encore l'orgueil de notre bourg. Ah, Mme Krásenská, celle qui aime tout ce qui n'est plus, moi j'en étais tombée amoureuse lorsque j'avais appris son roman : il y a trente ans, elle s'était éprise du ténor du Théâtre National, M. Šic, après les représentations elle se tenait à l'entrée des artistes et lorsque le ténor sortait et jetait son mégot de cigarette, elle piquait ce mégot sur une épingle et le déposait comme une sainte relique dans une boîte à pilules en argent et comme elle était couturière, il lui fallait une journée entière de couture pour gagner de quoi s'offrir une orchidée et toute une semaine de couture pour s'offrir une place dans la loge d'où elle lançait toujours cette orchidée gagnée en une journée de couture aux pieds de M. Šic et lorsque vingt fois déjà elle eut lancé cette belle fleur, elle attendit le ténor et lui dit qu'elle l'aimait... Et M. Šic lui dit que lui ne l'aimait pas uniquement parce que son long nez lui déplaisait. Et Mme Krásenská cousit toute une année et avec cet argent elle alla à Brno se faire couper ce long nez et se faire coudre un muscle de son propre bras sur la paroi nasale dont, avec le temps, les docteurs firent un beau nez grec. Et ainsi il arriva que Mme Krásenská se tenait de nouveau à l'entrée des artistes du Théâtre National et qu'elle était belle, ainsi elle put entrer en conversation avec le célèbre ténor, M. Šic, mais le ténor l'ayant invitée à une promenade nocturne lui avoua que depuis près d'un an il recherchait une belle jeune fille au long nez frémissant dont il était tombé amoureux et sans laquelle il ne pouvait vivre. Et Mme Krásenská lui avoua que c'était elle, la jeune fille au long nez, mais qu'elle l'avait fait couper pour l'amour du célèbre ténor et remplacer par ce nez qu'il avait à présent sous les yeux. Et M. Šic leva les bras au ciel et s'écria : « Qu'avez-vous fait de votre beau nez ! Comment avez-vous pu ? » Et il prit la fuite... Et Mme Krásenská me vit à côté de la fontaine Renaissance et leva les bras et s'écria : « Qu'avez-vous fait de vos beaux cheveux ! Comment avez-vous pu ? » Et elle me montra au visiteur de marque et moi je savais déjà que désormais mes cheveux faisaient partie des souvenirs historiques de la ville. Et je me mis à pédaler et trois dames de la société d'embellissement empruntèrent des bicyclettes devant l'hôtel Na Knížecí et se lancèrent à ma suite, la jalousie les faisait appuyer si rageusement sur les pédales qu'elles n'eurent aucun mal à me dépasser et elles me montraient du doigt : « Elle s'est fait couper les cheveux ! » Et plusieurs cyclistes qui me reconnurent partirent derrière moi, indignés, me dépassèrent aussi, crachèrent devant moi et je roulais entre une haie de cyclistes en mouvement, tous me fustigeaient de regards furibonds, mais cela me donnait des forces, je croisai mes bras et je roulai sans tenir le guidon et j'arrivai seule à la brasserie, les cyclistes étaient déjà là, leurs bicyclettes entre les jambes devant le bureau avec l'inscription : Là où on brasse la bière, la vie est prospère, à présent Francin se précipitait dehors et derrière moi les trois dames de la société d'embellissement qui me montraient des deux mains.

« Où sont tes cheveux ? dit Francin et dans ses doigts tremblants il tenait une plume à dessin numéro trois.

— Les voilà », dis-je et j'appuyai le vélo contre le mur et je soulevai le porte-bagages et lui tendis ces deux lourdes nattes, Francin mit le porte-plume derrière son oreille et soupesa mes cheveux morts, puis les posa sur le banc. Après quoi, il enleva la pompe du cadre de ma bicyclette.

« Je suis assez gonflée », dis-je en touchant d'une main experte les pneus de mes roues avant et arrière.

Mais Francin dévissait le raccord de la pompe.

« Elle marche bien, cette pompe », dis-je, ne comprenant toujours pas.

Soudain, Francin se jeta sur moi, me fit basculer sur ses genoux, souleva ma jupe et me fouetta le derrière et moi j'avais peur, je me demandais si j'avais mis du linge propre et si je m'étais lavée, et si j'étais suffisamment découverte ? Et Francin me fouettait et les cyclistes hochaient la tête l'air satisfait et les trois dames de la société d'embellissement me regardaient comme si elles avaient commandé cette satisfaction.

Et Francin me posa à terre, je tirai sur ma jupe et Francin était beau, ses narines frémissaient comme le jour où il avait dompté les chevaux emportés.

« Alors, ma petite fille, dit-il, on va commencer une nouvelle vie. »

Et il se baissa, ramassa la plume à dessin numéro trois qui était tombée à terre et puis il revissa le raccord dans la pompe et fixa la pompe dans les agrafes du cadre de ma bicyclette.

Moi, je repris la pompe et, la montrant aux cyclistes, je dis :

« Cette pompe-là, je l'ai achetée à la maison Rumkas dans la rue Boleslav. »

DU MÊME AUTEUR

Aux Éditions Gallimard

TRAINS ÉTROITEMENT SURVEILLÉS suivi de
COURS DE DANSE POUR ADULTES ET ÉLÈVES AVANCÉS
LA CHEVELURE SACRIFIÉE

Chez d'autres éditeurs

MOI QUI AI SERVI LE ROI D'ANGLETERRE, *Laffont*, 1981
TENDRE BARBARE, *Maren Sell*, 1988
VENDS MAISON OÙ JE NE VEUX PLUS VIVRE, *Laffont*, 1989
LES NOCES DANS LA MAISON : une trilogie autobiographique, *Laffont*, 1990
LES PALABREURS, *Albin Michel*, 1991
LETTRES À DOUBENKAI, *Laffont*, 1991
UNE TROP BRUYANTE SOLITUDE, *nouvelle édition, Laffont*, 1991
LES SOUFFRANCES DU VIEUX WERTHER, *Maren Sell*, 1991
PEURS TOTALES ; CASSIUS DANS L'ÉMIGRATION, *Critérion*, 1991
ENTRETIENS, *Critérion*, 1991
LA PETITE VILLE OÙ LE TEMPS S'ARRÊTA, *Laffont*, 1992

Composition Euronumérique, Paris.
Impression Bussière Camedan Imprimeries
à Saint-Amand (Cher), le 12 février 1997.
Dépôt légal : février 1997.
1er dépôt légal dans la collection : mars 1994.
Numéro d'imprimeur : 1/418.

ISBN 2-07-073741-1./Imprimé en France.

81298